Le 9ème CODICILLE

« L'œil de l'hippocampe »

Le 9ᵉᵐᵉ CODICILLE

« L'œil de l'hippocampe »

Jean-Nicolas AURANGE

TABLE DES MATIÈRES

Codicille *(du latin codicilli, tablette à écrire)* :

« Acte postérieur à un testament en vue de le compléter ou de le modifier » *(dic. Larousse)*

PROLOGUE
Le dragon

Retraite de Russie, Dorogobouj, le dimanche 8 novembre 1812,

Ce soir là, à quelques lieues de Smolensk, sur une placette de Dorobogouj, antique petite cité, dont les maisons, pour la plupart en ruines, étaient disposées, un peu comme devaient l'être celles de la Rome antique, autour de ses 7 collines, un gigantesque feu se consumait alimenté par tout ce qui avait pu être trouvé aux alentours : morceaux de bois, débris de voitures, mobilier laissé sur le chemin ou pillé dans les maisons abandonnées, et même carcasses d'animaux morts.

Un groupe de grognards, formant cercle autour des flammes tentaient de s'y réchauffer.

Ange Battisti était des leurs.

Ange était sergent au 2ème dragon de la Garde Impériale, combattant aux côtés des grenadiers de la vieille Garde de l'Empereur. Comme tous ses coreligionnaires, il possédait deux attributs essentiels : une très grande taille, c'était une sorte de colosse d'un mètre quatre-vingt-huit, mais surtout il arborait fièrement la célèbre moustache des Grognards qui était chez lui des plus fournies et qu'il entretenait, quelles que soient les situations, avec le plus grand soin. À 42 ans, il était déjà vétéran de la Grande Armée, mais pour rien au monde il n'aurait voulu faire défection à celui qui était en même temps son Dieu et son ami d'enfance.

Ange était depuis toujours le seul soldat de la Garde Impériale et peut-être de toute la Grande Armée à pouvoir tutoyer l'Empereur...et l'Empereur le tutoyait.

Avec Franceshi Cipriani, et Ignazio, le frère de lait de celui qui n'était encore que le petit « ribulione », le turbulent deuxième fils de la famille Buonaparte, ils avaient joué jadis tous trois quotidiennement et s'étaient souvent battus contre les enfants des faubourgs d'Ajaccio, les « borghiagani ». Les coups qu'ils avaient échangés alors pendant ces bagarres de rue avaient valu à chaque fois à Napoléone de sévères réprimandes de la part de sa mère, la sévère et hautaine signora Letizia.

Ange avait suivi son Empereur partout, il avait participé à sa glorieuse campagne d'Italie quand il n'était encore que le « Général Bonaparte », il l'avait ensuite suivi dans la fabuleuse aventure de la Campagne d'Égypte, il avait participé à l'exaltante veillée préludant le triomphe d'Austerlitz, il avait combattu à Iéna et à Friedland, il avait été impliqué dans l'affreuse boucherie d'Eylau, il avait été présent en Espagne aux côtés de Napoléon lorsque celui-ci était venu en aide à son frère le Roi Joseph embourbé dans la meurtrière guérilla ibérique, et était également à ses côtés quand Il avait vaincu à Somosierra, bataille fameuse au cours de laquelle le général Bessières avait déclaré « Qu'impossible n'était pas français ! »

Et maintenant il était encore là ce 8 novembre 1812 à deux jours de marche de Smolensk, ayant, à la suite de l'Empereur, un mois auparavant, évacué Moscou encore partiellement en flammes et faisant route vers la Pologne au milieu de ce qui restait de la gigantesque Armée des Vingt Nations de 600.000 hommes à la tête de laquelle Napoléon était entré en Russie il y de cela tout juste cinq mois...

Le 28 octobre ils étaient passé à nouveau par Borodino encore jonchés des cadavres des soldats tombés ici même, le 7 septembre lors du trajet aller, bataille qui devait, on l'avait cru à l'époque, mener vers Moscou et la victoire. On savait maintenant que cette titanesque empoignade, sans qu'elle n'ait été le moins du monde décisive avait coûté 20.000 morts aux français et 50.000 aux soldats du Tsar Alexandre.

Depuis trois jours le terrible hiver russe s'était abattu sur l'armée et les 100.000 soldats survivants accompagnés d'une incroyable cohorte de civils, hommes, femmes, enfants, de tous âges et de toutes conditions fuyant depuis Moscou les représailles des soldats et surtout des Cosaques lancés à leur poursuite, tentaient maintenant désespérément et dans un incroyable désordre de faire trois choses à la fois : marcher, se nourrir et ne pas mourir de froid...

Une grande partie des milliers de chevaux restants, comme le sien, étaient déjà morts, soit de faim soit d'épuisement, soit dans des glissades fatales car l'on avait omis de les ferrer à glace.

Afin de tenter de compenser la grande détresse des soldats de son armée L'Empereur les avait autorisé à piller et même à emporter du butin sur le chemin du retour, ce qui avait eu pour conséquence fâcheuse, non seulement de freiner leur marche, mais aussi de privilégier le fruit de leur rapine à de la nourriture qui aurait pu le plus souvent leur sauver la vie.

Au milieu de cette file fantomatique s'étirant sur plusieurs dizaines de kilomètres, la Garde, elle, conservait comme à l'habitude tenue et discipline et l'entraide régnait toujours malgré le calvaire que tous enduraient. Bien que le désespoir se soit répandu maintenant à peu près partout, la plupart des grognards pensaient que l'Empereur trouverait bien, comme d'habitude, la solution aux malheurs de ses soldats...

Certain trouvaient même encore la force de plaisanter et déclaraient en riant que l'Empereur avait pris l'habitude de « gagner ses guerres avec leurs jambes ! »...

Hypnotisé comme tous ses camarades par le momentané réconfort des flammes, mâchonnant énergiquement l'embout de sa pipe à défaut d'autre nourriture, Ange, pelotonné contre ses compagnons, vit tout à coup venir vers lui Roustam Raza, le Mameluk de L'Empereur qui le suivait comme son ombre depuis la Campagne d'Égypte.

L'Empereur voulait parler à Ange...

CHAPITRE 1
La découverte

Vilnius, le lundi 22 octobre 2001.

Vladas Kazlauskas avait été il y a quatre mois désigné pour faire partie de l'équipe de jour chargée de travailler sur un chantier dont il ne savait à l'époque encore rien.

Parti de la Gare Centrale, tassé avec ses camarades dans le bus non chauffé de la Cie, après avoir traversé la Neris, ils étaient tous arrivés au bout d'une demi-heure, dans l'angoissant quartier nord de Vilnius de Siaures Miestelis.

Cette zone rendue inaccessible à la population depuis le XIXe siècle, servait de terrain militaire et fût successivement occupée par l'armée tsariste, par les troupes nazies puis enfin par l'Armée Rouge, comme caserne d'un régiment de blindés.

Vladas avait été déposé avec ses collègues de travail dès 7 heures trente au bord de la route faiblement éclairée. De l'autre côté de la chaussée on pouvait distinguer les engins paisiblement alignés dans l'attente de leurs conducteurs. La mission de Vladas et des autres lui avait été alors précisée par Matas le chef de chantier : il s'agissait d'enfouir les lignes téléphoniques qui bordaient la route, et pour ce faire, de commencer par détruire les vieux baraquements insalubres datant de l'ère soviétique, désormais abandonnés, puis de se mettre à creuser.

Une fois les baraquements évacués, ce qui fut un jeu d'enfant, Vladas, aux manettes de son excavatrice Volvo, se mit donc à engager le creusement du profond boyau qui sera plus tard destiné à accueillir les kilomètres de câbles du futur réseau. Cette tranche de travaux devait durer quelque trois mois, plus peut-être. Généralement c'était plus...

Le travail était dur et fastidieux mais bien payé. Vladas avait toujours en tête qu'il devait solder le crédit sur 5 ans de la VW achetée d'occasion l'été dernier et qui faisait la fierté de sa femme.

Vladas qui travaillait maintenant à 8 mètres de profondeur continuait à déposer avec la régularité d'un métronome chaque pelletée dans une benne posée à son niveau et dont le contenu était tous les quart d'heures remonté au niveau zéro pour prendre place sur un des camions qui faisait la noria jusqu'à la décharge. Les déblais étaient composés d'un aggloméra de terre sèche et de pierres de toutes tailles, ainsi que d'une grande variété de détritus rendant le travail plus délicat. On pouvait y faire des trouvailles, il y en avait à toutes les profondeurs et Vladas avait encore du mal à imaginer ce qui avait bien pu pousser les gens à abandonner en pleine campagne, et à des époques différentes, tant de témoignages de ce qui furent probablement des objets d'usage dont leurs propriétaires respectifs s'étaient sans doute servis des années durant.

Vladas aimait sa pelle mécanique, l'engin était devenu comme un prolongement naturel de son bras. Il sentait immédiatement au simple contact du godet avec le sol si celui-ci avait rencontré un objet de quelque intérêt auquel on pouvait éviter la seconde mort du camion à gravats. Alors, il l'isolait et le déposait ensuite dans une benne spéciale qui emmenait deux fois par jour tous ces déchets vers un atelier de tri où l'on récupérait tout ce qui était recyclable.

Ce matin sa pelle isola un magma qui lui parût instantanément insolite. Il était constitué de nombreux débris de toutes formes et de toutes tailles qui avaient, vu de sa cabine, une apparence plâtreuse. Vladas demanda par téléphone un éclairage supplémentaire afin de mieux discerner l'intérieur de la tranchée, déposa la pelletée suspecte sur le remblai du chantier, et après l'avoir rapidement inspectée, stoppa sa machine et appela Matas.

-2-

Matas

Matas Horowitz était une espèce de géant de 47 ans sec, nerveux et autoritaire. Tout le monde sur le chantier savait qu'avec lui il valait mieux filer doux et ne pas tirer au flanc.

Matas était juif. Il faisait partie d'une communauté totalement décimée pendant la deuxième guerre mondiale mais qui avait doucement commencé à se reconstituer depuis une dizaine d'années. Les quatre grands parents de Matas avaient disparu pendant le conflit : les parents de son père avaient été déportés en Sibérie en janvier 1941 pendant la période du Pacte Germano-Soviétique et n'étaient jamais revenus et ceux de sa mère avaient, eux, été assassinés dans la forêt de Paneriai à l'été 1941 lors de la Shoa par balles. Après l'invasion des allemands, ce sont ses deux grands oncles, d'abord parqués dans le ghetto de Vilnius et obligés de travailler pour l'industrie militaire allemande qui finirent par être envoyés en juin 1943 à Auschwitz pour n'en plus revenir. Heureusement, les parents de Matas avaient réussi à éviter la mort en passant toute la guerre à combattre au sein de l'organisation de résistance des « Frères de la Forêt » regroupant les partisans des 3 pays baltes. Ils s'étaient connus, appréciés puis aimés en luttant sans relâche tout d'abord contre les soviétiques, puis contre les allemands, avec un égal acharnement.

Après la guerre, ils avaient d'un commun accord résisté à la tentation d'émigrer, décidé de se marier et d'avoir un enfant, mais quand Mattatias était né ils avaient tout de même préféré changer son prénom en Matas qui faisait moins juif, car, en 1954, les souvenirs de ce qu'avait enduré leur parents seulement parce qu'ils étaient nés juifs était encore brûlant. On ne savait jamais ce que pouvait réserver l'avenir !

Ensuite, ils étaient devenus tous deux fonctionnaires du Parti ce qui leur avait assuré une vie paisible, modeste et sans grands tracas.

Ils étaient désormais enterrés au cimetière juif de Piramont.

Matas lui, d'esprit vif et intelligent, mais dès sa jeunesse, déjà trop indépendant était très vite devenu réfractaire au carcan imposé dans sa vie de tous les jours par le « Parti ». Il avait donc, à 15 ans, été orienté vers une filière « technique » afin qu'il devienne plus tard ouvrier spécialisé. Il avait ensuite, vu sa forte corpulence, été dirigé vers les travaux publics et avait très vite intégré l'entreprise dans laquelle il travaillait toujours aujourd'hui.

Son intelligence des situations et son activisme pendant la période de déclin de l'Union Soviétique, ayant participé à toutes les manifestations dans les années de la « Révolution Chantante » et ce, jusqu'au retrait des troupes russes en Août 1999, l'avait grandement valorisé aux yeux de ses collègues et de ses chefs, si bien qu'il était depuis maintenant 6 ans Chef de chantier.

Matas militait désormais pour l'accélération des pourparlers engagés pour l'adhésion de son pays à l'Union Européenne. Malgré cette perspective, il ne se faisait plus aucune illusion sur la capacité des sociétés humaines à s'assagir au cours des âges...

Matas avait été marié pendant 24 ans avec Julija qui travaillait à la bibliothèque de leur quartier et qui lui avait donné deux grands fils qui avaient émigré en Suède il y a deux ans. Matas et Julija s'étaient cependant séparés peu avant le départ des enfants. Matas vivait donc désormais seul et ayant conclu qu'il avait épuisé toutes les joies de la vie en couple, il ne fréquentait plus que les prostituées et entre toutes celles qui lui étaient offertes, il préférait Magda, l'Ukrainienne.

Au-delà de son travail qu'il effectuait consciencieusement mais pour lequel il ne mettait plus aucun zèle, la seule chose qu'il désirait encore de toutes ses forces était de pouvoir s'offrir au moment de sa retraite quelques voyages autour du monde car il n'avait quasiment jamais quitté la Lituanie. Il collectionnait dans ce but les revues touristiques et piquait chaque saison tous les catalogues des agences de voyage. Seul problème : Matas n'avait jamais réussi à mettre un sou de côté et maintenant qu'il était seul, tout son argent passait dans les relations tarifées et plus encore dans le jeu. Matas était en effet depuis des années un habitué de l'Aladinas Casino, boulevard Gediminas, cette addiction ayant d'ailleurs été la cause principale de sa rupture avec Julija.

Matas se dirigea vers Vladas pour voir ce qui se passait et s'approcha d'un pas rapide vers le talus ou celui-ci avait déposé les détritus suspects. Matas se pencha et ne mit pas longtemps à comprendre qu'il s'agissait de débris de squelettes humains. Il y avait là un crâne presque complet, un bassin et un mélange indéterminé d'autres ossements.

Il entreprit de descendre instantanément dans la tranchée, là où Vladas avait creusé et s'aperçut que beaucoup d'autres morceaux de squelettes affleuraient du sol. On aurait dit que Vladas avait mis à jour en creusant un gisement d'os !

Il donna les instructions nécessaires pour arrêter les travaux, demanda à Vladas et à ses coéquipiers de couvrir la zone en question avec des bâches, puis renvoya tout le monde au dépôt par le moyen des bus du chantier qui stationnaient là toute la journée et, en dernier lieu, téléphona à Dailis Berzins, son Directeur, pour l'informer.

-3-
Jonas

Jonas Kandzezaukas était depuis 7 ans commissaire principal de Vilnius et ce lundi matin 22 octobre il s'était réveillé de fort méchante humeur. Toute la semaine dernière il avait dû être le cicérone d'un groupe de 20 policiers des 3 pays baltes venus participer à Vilnius à un séminaire de coordination sur la détection et la maîtrise des groupes de hooligans et donc assister à des exposés puis participer à des échanges dont étaient chargés 2 officiers de polices de l'union européenne : un anglais et un hollandais. Depuis que les pays de l'est étaient sortis du giron soviétique, les effets induits du sport professionnel avaient, comme partout ailleurs gangréné le milieu sportif et plus particulièrement le football. La médiatisation mondiale de vedettes de certaines grandes équipes conséquence de la fortune indécente de certains clubs d'Europe de l'ouest avaient attiré une frange de jeunes désœuvrés très agressifs ne cherchant qu'à en découdre avec le club « d'en face » et entraînant dans son sillage les jours de match importants, toutes sortes de désordres, violences et dégradations.

Samedi soir la journée s'était achevée à plus d'heure dans une boîte bien connue du quartier de Snipiskès. Ils étaient tous rentrés à leur hôtel gravement imbibés de vodka locale et de kvas, et hier il avait dû ramener tout son troupeau à l'aéroport d'Oro Uostas et y attendre que le dernier du groupe ait passé l'enregistrement pour repartir chez lui. Il était alors 9 heures du soir.

Après s'être péniblement extirpé du lit à 7 heures 15, il se dirigea mécaniquement vers la cuisine pour verser ses croquettes à Kasha, son labrador. Ils étaient tous les deux seuls dans la maison. Bien que venant juste de fêter ses quarante ans, Jonas n'était pas marié. Jonas était pourtant ce que les femmes appellent communément un beau mec : 1 mètre 82, belle carrure, cheveux blonds ondulés mais coupés courts, grand front, yeux bleus acier, démarche souple mais résolue. Il collectionnait les aventures mais n'avait toujours pas trouvé celle dont il pensait qu'il ne se lasserait pas au bout de quelques semaines ! Jonas, en ce moment, ne partageait donc au quotidien sa vie qu'avec Kasha...

Après s'être douché, habillé, avoir rapidement avalé son petit déjeuner composé comme d'habitude de pain fromage et charcuterie accompagné de thé très chaud, Jonas enfila sa doudoune Adidas, siffla Kasha, sortit de sa maison et, à exactement 8 heures, comme chaque jour, fit faire sa promenade matinale à Kasha : un petit circuit en boucle dans le parc tout proche. De retour devant chez lui, il fit monter Kasha à l'arrière de sa Skoda de fonction garée contre le trottoir d'en face, s'assit au volant et démarra vers le Central.

Le temps était couvert, mais heureusement il ne pleuvait pas. Jonas aimait bien le froid, mais ne supportait pas la pluie. Jonas avait choisi d'habiter le quartier de Zverynas qui possédait le double avantage de se situer au bord du Vingio parc où il pouvait facilement promener Kasha et d'être à seulement 10 minutes en voiture de la rue H. Manto où se situait le Commissariat Central. Jonas gara sa voiture à la place qui lui était réservée dans le parking souterrain, siffla Kasha qui sauta hors de la voiture et se laissa tranquillement mettre en laisse, prit l'ascenseur de service et monta directement au 3ème étage où se situait son bureau.

Son adjoint Andrius l'accueillit avec le sourire contrit du lundi matin car, travaillant aux côtés de Jonas depuis bientôt 5 ans, il vit au premier coup d'œil qu'aujourd'hui, il serait risqué de contrarier le « Patron » avant l'heure du déjeuner, pour le moins.

Pendant la semaine du séminaire tous les dossiers en cours étaient restés en souffrance et Jonas détestait se laisser déborder. Le plus urgent serait tout de même de se mettre d'arrache-pied à l'enquête sur le « tireur casqué » qui, une fois par semaine, armé d'un pistolet, tuait un chien au hasard dans la rue puis se sauvait ensuite immédiatement en moto. Tout ce que l'on savait c'était la marque de la moto : une Triumph Tiger, mais des Tiger dont les différents modèles sont commercialisé depuis 1945, il y en avait des centaines en circulation à Vilnius...et encore rien ne dit que ce maniaque ne venait pas d'ailleurs !

Il appela Andrius et lui demanda d'organiser une réunion avec les autres membres de l'équipe à 14 heures pour effectuer un tour d'horizon général sur cette affaire et gérer les priorités des autres dossiers en cours.

Peu avant midi, Andrius pénétra dans son bureau pour lui annoncer qu'il venait de recevoir un coup de téléphone d'un certain Dailis Berzins, un letton, Directeur d'une grosse entreprise de terrassement à propos de la découverte ce matin par ses ouvriers d'ossements possiblement humains à 8 mètres sous terre au cours d'un chantier de travaux publics dans le quartier de Siaurès Miestelis. Il demandait que l'on passe d'urgence pour les examiner car il avait pris sur lui d'arrêter les creusements et son chef de chantier avait renvoyé tous les ouvriers chez eux, ce qui ne pouvait pas durer. Jonas jura : Il ne manquait plus que ça, qu'est-ce que c'était encore que cette histoire ?

Une heure plus tard Jonas et Andrius avaient tout d'abord été accueillis sur le chantier par Dailis Berzins flanqué de Matas avant qu'ils ne les conduisent vers une fourgonnette où les quelques débris d'ossements avaient été déposés. Jonas n'eût pas grand mal à confirmer le sentiment initial de Matas et de son Directeur : il s'agissait bien d'ossements humains et compte tenu de la profondeur à laquelle ils avaient été extraits il ne pouvait s'agir que de restes humains liés à une tragédie déjà très ancienne.

Jonas signifia à Dailis Berzins la fermeture administrative de celui-ci pour une durée indéterminée et demanda à Andrius qu'il se mette en rapport avec le procureur pour qu'il fasse, auprès du Maire, officialiser cette décision par un arrêté municipal. Il téléphona ensuite à la Centrale pour qu'on lui communique les coordonnées d'un expert afin de pouvoir l'aider à dater ces ossements et tenter le cas échéant de les « faire parler » !

Dix minutes après il s'entretenait sur son portable avec Tadas Kalanta.

-4-

Tadas

Tadas Kalanta était le bras droit du célèbre Professeur Rimantas Jankauskas titulaire depuis 1982 de la chaire d'anatomie et d'anthropologie à l'université de médecine de Vilnius.

Tadas était un jeune professeur de 35 ans qui était déjà enseignant à l'université et qui adorait, en dehors de son travail de médecin, participer à des fouilles sur des sites archéologiques.

Tadas revenait d'ailleurs de France où, pendant ses congés, il avait travaillé sur d'étranges menhirs datant du néolithique sur le site de Filitosa en Corse du Sud. Depuis leur découverte en 1946 ces groupes de statues n'avaient cessé d'intriguer toute la communauté scientifique.

C'est Tadas qui avait reçu en tout début d'après-midi le coup de téléphone de Jonas Kandzezaukas, chef de la police de Vilnius, appel qui l'avait bien entendu intrigué. Il avait dès son cours terminé, évité les discussions rituelles avec les élèves, pris sa voiture et s'était dirigé vers le lieu où le policier lui avait donné rendez-vous. Il connaissait ce quartier, assez proche de l'Université, pollué pendant des décennies par les baraquements de l'armée rouge affichant alors sans vergogne la domination de la Russie Soviétique sur le peuple Lituanien depuis la fin de la deuxième guerre mondiale.

La nuit était déjà tombée quand Tadas arriva devant le chantier.. Il gara sa voiture sur le bas côté parallèlement aux engins tous parfaitement alignés et se dirigea vers les deux hommes proches du remblai surplombant la route qui semblaient l'attendre et qu'il supposa être deux policiers.

— Bonjour Professeur, dit l'un des deux hommes en serrant énergiquement la main de Tadas, désolé de vous avoir fait déranger, je m'appelle Jonas Kandzezaukas et je vous présente mon adjoint Andrius qui m'assistera cet après-midi. Comme je vous l'ai expliqué brièvement au téléphone ce matin, les équipes de creusement de ce chantier ont découvert à l'aplomb de l'endroit où nous nous trouvons, des restes de ce que l'on suppose être des ossements humains à priori très anciens compte tenu de la profondeur de leur localisation. J'aurai donc, avant d'ouvrir une enquête, besoin de votre expertise et j'espère également que vous pourrez nous aider à y voir plus clair.

Jonas entraîna le Professeur vers une fourgonnette où les restes d'ossements trouvés par Vladas avaient été déposés et attendit avec curiosité le verdict du jeune

Professeur. Après un bref examen à la lueur de la lampe torche du policier, la conviction de Tadas était faite, il s'agissait bien d'ossements humains et aucun cimetière n'étant situé à proximité, la présence de ces squelettes n'avait rien de naturel.

Après s'être entretenu avec son supérieur au téléphone, Tadas confirma au policier la décision de suspendre le chantier dans l'attente de fouilles plus approfondies dont il se portait fort d'obtenir rapidement les autorisations auprès de Rimantas Jankauskas qui avait le bras long.

-5-

Matas

Ce soir là, Matas n'avait pu avaler quoi que ce soit, il était bouleversé. Il avait tant de fois imaginé depuis ses années de jeunesse les horribles méandres du chemin ayant abouti à l'atroce destinée de sa famille que la vue de ce qu'il savait être des restes humains lui intimait l'obligation d'en savoir plus. Étaient-ce justement des squelettes de juifs assassinés par les SS... ou bien par ses compatriotes, car chacun savait maintenant qu'au début de l'invasion allemande un fort contingent d'habitants de Vilnius ainsi que les membres de la Saugumas, la police sécuritaire lituanienne contrôlée par les nazis, avaient participé activement aux massacres des juifs ? Ou alors étaient-ce les témoins silencieux des tueries perpétrées par l'armée ou la police secrète de l'Union Soviétique tant avant qu'après l'invasion des nazis ?

N'y tenant plus, il prit sa voiture, une grosse lampe torche et fonça vers le chantier. Aucune mesure de sécurité n'étant encore prise, quand il arriva, le chantier était totalement désert.

À l'aide de sa lampe il retrouva le sillon de creusement de Vladas et descendit les 8 mètres de dénivelés en empruntant le petit escalier métallique disposé le long de la tranchée.

Il se trouvait maintenant devant le « gisement d'os ».

À la lueur de sa torche il découvrit alors un spectacle extraordinaire : au flanc de la tranchée, sur toute la largeur de celle-ci et sur une hauteur de 2 mètres on devinait partout des affleurements d'os, une sorte de « mikado macabre » qui le tétanisait. Matas frissonna, s'assit par terre et fasciné, fît parcourir au faisceau de sa torche des allées et venues sur toute la paroi. Pour la première fois depuis des années, bien qu'il ne fût plus croyant, il ressentit fortement l'envie de prier et, sans Kippa ni habits rituels, il se prit soudain à psalmodier des extraits du Kaddish qu'il avait tant de fois entendu réciter dans sa jeunesse et dont les paroles lui revinrent aux lèvres sans même qu'il n'ait eu à solliciter sa mémoire.

Pendant une durée indéterminée il fût transporté ailleurs, loin dans le temps et pleura sur sa famille bien entendu, mais également sur les millions de morts sans sépulture, générés par la sauvagerie humaine de cet abominable XXème siècle.

Lorsqu'il reprit ses esprits et qu'il se releva pour repartir, Matas distingua dans le halo de sa torche un petit bout de métal foncé, comme « cimenté » sur ce qui lui sembla être un reste d'omoplate. Il sortit alors de sa poche le couteau dont il ne se séparait jamais et, avec précaution, commença à extraire de sa gangue osseuse et terreuse l'objet métallique.

Cinq minutes plus tard, Matas tenait au creux de sa main une petite boîte en métal totalement cabossée mais qui avait dû être épargnée d'un écrasement total il y a bien des années par un corps qui avait dû faire office de protection.

Il remonta le petit escalier, retourna à sa voiture, s'assit, alluma le plafonnier et tenta, toujours à l'aide de son couteau, de dégager le plus délicatement possible et petit à petit les rebords de ce qui paraissait être un couvercle et qui étaient comme scellés par le temps. Au bout de quelques minutes l'objet finit par s'ouvrir en deux et Matas aperçut, encastré dans la partie basse, un morceau de papier qui avait, après toutes ces années passées sous la terre, la consistance du carton, mais qui devait être à l'origine un genre de papier huilé dont la fonction avait du être de servir de protection à des plis ou billets qui auraient à parcourir

de longues distances et donc également d'aider à résister à toutes sortes de conditions climatiques. Matas le déplia avec difficulté et découvrit dans son intérieur deux bouts de parchemins encore collés à leur enveloppe de papier et sur lesquels quelque chose d'écrit était encore perceptible. Fortement intrigué, il rangea délicatement sa découverte dans une pochette et décida de rentrer chez lui sans délai.

Une fois dans son appartement, il alluma la lumière de la cuisine en grand, posa la pochette sur la table, décolla soigneusement de leur enveloppe les deux parchemins qu'il disposa bien à plat devant ses yeux et tenta de voir s'il serait à même d'en tirer quelque chose d'intelligible. Ce qu'il arriva à déchiffrer au bout de quelques minutes, et qui n'était visiblement pas en écriture cyrillique, lui sembla tellement stupéfiant qu'il alla dans sa chambre chercher, pour confirmation, une loupe qu'il savait être là depuis des années.

Revenu dans la cuisine, la lecture des signes qui étaient tracés sur ces deux papiers surgis du fond des abîmes et qui se détachaient sous le verre de sa loupe devait bouleverser sa vie...

CHAPITRE 2
Huit jours avant la fin...

Ile de Sainte-Hélène, le vendredi 27 avril 1821,

À Longwood, grelottant de fièvre, couché sur le petit lit de camp disposé dans un coin de cette chambre qu'il avait tant de fois arpentée, l'Empereur se remémorait pour la millième fois les étapes de sa grandeur passée qui l'avaient fait aux yeux de ses contemporains, l'égal d'Hannibal, de César ou d'Alexandre le Grand.

C'était la fin du voyage, cela faisait bientôt six ans qu'il croupissait sur cette île où le vent, le froid, l'humidité, la chaleur moite mais surtout l'ennui avaient littéralement dissous depuis longtemps son corps et maintenant, il le sentait, son esprit. Telle était la conséquence de l'ignominieuse trahison de la nation anglaise de qui il avait sollicité l'asile politique depuis la rade d'Aix, et qui au dernier moment lui avait brutalement signifié le verdict de son lointain exil.

Napoléon savait que maintenant sa fin était proche. Les signes ne trompaient pas : il ne pouvait plus marcher, il souffrait le martyre de son ventre, du côté droit surtout mais également de son estomac, il vomissait en permanence une bile de plus en plus foncée, et n'avait plus aucune force physique. Depuis hier, il ne quittait plus son lit.

Il avait depuis longtemps pris son parti de sa disparition prochaine mais il n'en avait cure étant intimement persuadé qu'il demeurerait plus vivant que jamais après sa mort et que son souvenir ne cesserait de hanter les familles régnantes d'Europe, celles précisément qui lui avaient constamment fait la guerre et l'avaient obstinément empêché de mener à bien son projet visionnaire de « Grande Europe » !

Il avait, depuis qu'il était exilé sur cette île perdue de l'Atlantique sud, la « isla maladetta » comme il la nommait en langage corse, parfaitement organisé son passage à la postérité. On lui avait pourtant, par deux ou trois fois, entretenu de projets d'évasions vers les États-Unis, financés et organisés par quelques uns de ses partisans désormais émigrés au Nouveau Monde, mais il avait toujours refusé préférant pour sa Gloire endosser la cause du martyre plutôt que celle d'un Napoléon finissant sa vie en *gentleman farmer*. Il avait d'ailleurs rétorqué un jour au Grand Maréchal du Palais Bertrand qui lui avait présenté un de ces projets et qu'il avait repoussé d'un revers de manche, que « si le Christ n'était pas mort sur la Croix il ne serait pas Dieu ! »

Juste avant de partir pour son exil, lorsqu'il était encore en France en rade de l'ile d'Aix, il avait soigneusement choisi ses compagnons d'infortune pour leur indéfectible fidélité bien sûr, mais surtout parce qu'il les sentait capable de restituer et d'exalter après sa mort toutes les dimensions de son œuvre. Devant ces témoins éclairés, il ne se justifierait certes pas, mais il expliquerait et il démontrerait comment et par quels détours inouïs du destin, lui, Napoléone Buonaparte, le petit Corse qui savait à peine parler français à l'âge de 9 ans lorsqu'il débarqua sur le continent flanqué de son frère ainé Joseph pour atterrir au collège d'Autun, comment, Lui, qui après avoir vaincu et subjugué pendant 15 ans l'Europe entière, avait au bout du compte finalement restitué à ses sujets une France plus petite que celle qu'il avait trouvé lorsqu'il fût désigné 1ᵉʳ Consul le 22 Frimaire an VIII.

À Sainte-Hélène, il faudrait bien que les mots prennent le relai de l'œuvre inopportunément interrompue. Sa santé étant alors excellente il savait pouvoir disposer de plusieurs années pour en parachever l'explication. Il avait donc, devant ces mêmes témoins choisis et tout au long de ces six dernières années parlé, exposé, raconté, justifié, démontré, rabâché l'épopée de l'Empereur...

Il avait tout passé en revue, absolument tout : ses victoires et ses défaites : Marengo, Austerlitz, Friedland, Wagram, la charge des 80 escadrons d'Eylau où les 10.000 cavaliers de Murat avaient fait trembler la terre, la Campagne de France, si désespérée, et peut-être la plus belle, mais aussi la terrible saignée de la retraite de Russie où presque toute son armée fut détruite par le froid et dont les survivants en déroute furent pourchassés par les impitoyables Cosaques, et surtout Waterloo qu'il avait revécu mille et mille fois et dont il n'arrivait toujours pas à concevoir aujourd'hui qu'il ait pu y être défait...

Il avait reformulé ses idées sur l'organisation de la Nation dans toutes leurs dimensions, juridiques, financières, familiales, religieuses et politiques. Il avait revécu tous les grands moments de l'immense travail qu'il avait accompli lorsqu'il était 1er Consul : la création du Code Civil, du Conseil d'État et de la Légion d'honneur, le développement de l'industrie, la signature du Concordat, et surtout la réconciliation entre les Français après les excès de la révolution....

Il s'était remémoré l'Empire, ses conquêtes et ses fastes, il s'était rappelé Tilsit et l'entente avec le Tsar Alexandre qu'il avait crue forgée à jamais dans l'airain lui permettant de verrouiller son Blocus Continental et de contraindre ainsi l'Angleterre à mettre un genou à terre.

Il avait à nouveau présidé au congrès d'Erfurt les dîners, les bals et les spectacles où toutes les têtes couronnées d'Europe s'étaient pressées, non sans arrières pensées bien sûr, pour lui faire publique allégeance.

Il avait à nouveau ressenti les douceurs et l'orgueil de son mariage avec Marie Louise, devenant ainsi le neveu par alliance de Louis XVI, il avait célébré la joyeuse naissance du Roi de Rome et entendu à nouveau les

101 coups de canon qui avaient déclenché la liesse des parisiens et les messes d'action de grâce.

Il avait sereinement reformulé ses jugements sur tous ses anciens ministres et particulièrement sur trois d'entre eux : Talleyrand le traitre génial, « de la merde dans un bas de soie », qu'il n'avait cessé d'admirer pour son intelligence et son entregent et qui avait gardé son trône du côté des modérés et des royalistes, Fouché l'insaisissable qui l'avait également trahi après Waterloo et qui l'avait gardé, lui, du côté des jacobins, Cambacérès l'indispensable qui avait toujours assuré pour lui le contrôle des rouages de l'État lorsqu'il était retenu par ses glorieuses campagnes.

Il avait fait revivre la gloire de ses Maréchaux, pleuré sur la mort au combat de Desaix à Marengo et de Lannes à Essling, il avait été à nouveau révolté par la trahison de ceux qu'il avait élevé et qui l'avaient renié quand le vent avait tourné : Bernadotte, Murat et surtout Marmont dont la trahison avait porté le coup fatal rendant inéluctable la 1ère abdication.

Il avait à nouveau justifié l'exécution du Duc d'Enghien, il avait été ému aux larmes en repensant aux adieux de Fontainebleau et avait longuement frissonné en évoquant le dernier baiser au drapeau de sa vieille Garde. Il avait revécu comme dans un rêve l'incroyable épopée du vol de l'Aigle après son bref exil sur l'Ile d'Elbe, son éphémère complicité avec Benjamin Constant pendant les 100 jours et le naufrage de sa tentative « d'Empire libéral ».

Il s'était souvenu avec douceur de sa chère Joséphine, du jour où, à Notre Dame il lui avait lui-même déposé sur la tête la couronne d'Impératrice, il s'était revu ceindre, à Milan la couronne de fer millénaire des rois Lombards comme Charlemagne, il s'était transporté avec émotion à Ajaccio où il avait revécu les bonheurs de son enfance en Corse, la « casa » familiale de la rue Malerba, le petit domaine de Milelli, les heures passées à méditer dans la grotte du Casone.

Il s'était remémoré toutes les joies et les difficultés que lui avaient procuré son encombrante famille et il avait également fait revivre ce jour du 21 juillet 1798, où, flanqué de ses fidèles soldats ébahis, il avait été observé par 40 siècles d'Histoire du haut des Pyramides d'Égypte..!

« Quel roman que ma vie ! » avait-il confié un jour en souriant au Comte de Las Cases, comme s'il s'en étonnait lui-même.

Il ne lui restait plus maintenant qu'à mourir, et il savait pouvoir le faire en paix car les quatre hommes qu'il avait choisi pour assurer sa gloire posthume et qu'il avait surnommé ses quatre « évangélistes », ne lui feraient pas défaut : tout d'abord le Comte de Las Cases à qui il avait confié les récits des campagnes d'Italie et celles du Consulat, Las Cases qui avait mis longtemps à adopter sa cause et qu'il connaissait d'ailleurs assez peu à leur arrivée à Sainte-Hélène mais qui s'était montré ensuite le plus fidèle, le plus attentif et le plus stimulant pour lui faire dire tout ce qu'il avait sur le cœur, Las Cases qui lui avait répondu alors qu'il s'effrayait de ce qu'il pourrait bien y avoir d'utile à faire sur cette île perdue : « Sire, nous vivrons du passé », Las Cases qui avait soigneusement tout pris en note, notes qu'ils avaient consciencieusement relues et corrigées ensemble, Las Cases qui, malheureusement, avait été expulsé de l'île par son affreux geôlier, sir Hudson Lowe, pour un motif fallacieux il y a déjà 4 ans de cela dans le seul but de le priver de sa compagnie. L'Empereur ne s'était d'ailleurs vraiment jamais remis de cette séparation. De ce jour, la tristesse, l'ennui et la mélancolie prirent chez lui le dessus sur sa volonté de résister, mais il avait la certitude intime que tout ce qu'il lui avait confié serait soigneusement conservé, restitué et participerait plus tard à sa Gloire posthume.

Il y avait ensuite le Grand Maréchal du Palais Bertrand à qui il avait raconté la campagne d'Égypte, qui était venu « en famille » et grâce à qui il avait été gardé et protégé comme s'il avait encore régné aux Tuileries. Bertrand qui l'avait également aidé à faire respecter à Longwood la « discipline Impériale » et avait fait en sorte de maintenir dans ce lieu perdu un fantôme d'étiquette royale. Grâce à lui, Il avait pu continuer à « faire l'Empereur » !

Lui aussi avait pris en dictée une grande partie de la geste Napoléonienne et, le connaissant bien, il lui faisait confiance pour, le moment venu, se pousser du col tout en mettant en avant sa collecte des Mémoires de Napoléon.

Le général Gourgaud était le troisième « évangéliste », il était appelé, lui, à transcrire les évènements de 1814 et le séjour à l'Ile d'Elbe. Gourgaud était un homme d'un caractère entier, volontiers emporté, prêt à se battre et pourquoi pas à tuer pour tout propos irrévérencieux à l'égard de son Empereur. Mais Gourgaud était également le seul à s'autoriser avec l'Empereur des attitudes de contestation, voire de résistance au prétexte de la force de ses sentiments pour Lui. Il aimait à rappeler qu'à Brienne, il lui avait fait un rempart de son corps au cours d'une reconnaissance et lui avait très possiblement sauvé la vie. Napoléon lui avait cependant beaucoup parlé et, nul doute que, compte tenu de sa passion exclusive pour sa personne, la restitution de ses notes et souvenirs soient des plus purs et des plus fidèles. Mais, à la longue, il avait fini par se lasser d'un personnage qui se querellait à tout propos avec son entourage, qui indisposait tout le monde et finissait par rendre les diners et les causeries du soir difficilement supportables. Il s'arrangea donc pour lui faire quitter l'île au début de 1818.

Et puis il y avait enfin le Comte Charles-Tristan de Montholon à qui il avait confié ses mémoires des Campagnes de l'Empire, Montholon, qui, il le savait depuis le début n'avait à l'origine accepté de le suivre que par opportunisme, se trouvant au moment du départ à nouveau dans la plus grande gêne financière ayant toujours dépensé beaucoup, beaucoup trop, et sans l'indispensable mesure qui sied à un gentilhomme. Le besoin d'argent de Montholon était si grand que l'homme qui s'était joint à l'exil accompagné de son épouse Albine avait par la suite fermé les yeux sur l'aventure qu'elle eût avec Lui, il avait même affecté de croire que la petite Joséphine, probablement née de leurs étreintes était bel et bien sa fille. Mais le temps passant, Montholon avait parfaitement rempli sa mission tant et si bien qu'aujourd'hui c'était lui et personne d'autre qu'Il avait demandé à ses côtés dans ses derniers jours de lucidité, jours pendant lesquels le Comte l'avait dévotement assisté dans la rédaction de son testament.

Maintenant il ne lui restait plus qu'une seule chose à régler avant de se préparer à la mort, une chose dont il n'avait encore jamais parlé à personne, une chose qui lui pesait depuis des années. Il fallait impérativement qu'il rassemble ses dernières facultés et qu'il trouve la force de la faire, maintenant.

Alors, Napoléon toujours allongé sur son lit fit un signe de la main à Louis Étienne de Saint-Denis, dit le Mameluk Ali, le fidèle serviteur qui se tenait debout à ses côtés et lui murmura dans un souffle d'aller tout de suite lui quérir le Comte de Montholon.

CHAPITRE 3
Le Corbillard

-1-
Solène

Château de la Malmaison, le mardi 23 octobre 2001,

Solène de la Roche était une jeune femme de 26 ans, piquante, intelligente et vive qui avait toujours su ce qu'elle voulait, et qui lorsqu'elle voulait quelque chose mettait tout en œuvre pour arriver à ses fins.

De taille moyenne, avec de beaux cheveux d'un blond vénitien, un petit nez légèrement impertinent, une bouche mutine dont le sourire découvrait de petites dents parfaitement alignées, elle avait plus de charme qu'elle n'était réellement jolie, mais l'étincelle qui brillait au fond de sa prunelle grise la rendait à peu près irrésistible à tout interlocuteur, et ce, quel que soit le sujet de la conversation engagée avec elle.

Élevée dans le château familial qu'elle adorait et dont une aile entière était en ruine faute de moyens pour l'entretenir, Solène s'était jurée qu'une fois adulte elle ferait tout son possible pour restaurer la propriété de ses ancêtres. Très naturellement donc, après des études littéraires, elle s'était orientée vers la licence en Préservation des Biens culturels de Paris 1, puis au bout de deux années, diplôme en poche, avait postulé toujours à Paris 1 pour un Master de Conservation/Restauration des biens culturels, donnant accès à la carrière de Conservateur-Restaurateur des Musées de France.

Cinq années seulement plus tard, à 24 ans, Solène avait obtenu son parchemin haut la main et accueilli avec modestie les félicitations du jury. Son Professeur principal qui la poussait depuis le début de ses études lui proposa alors de poser sa candidature au Château-Musée de la Malmaison et de Bois Préau où un poste d'assistante allait se libérer.

Solène fut brillante, une semaine plus tard, lors de son entretien avec Monsieur Jacques Corville, le Conservateur du Musée, si bien que celui-ci lui proposa sans hésiter plus longtemps un contrat d'essai de 6 mois. À l'issue de celui-ci, Solène fût tout de suite titularisée au Musée. Elle était maintenant depuis presque deux ans complètement intégrée à l'équipe de restauration du Château.

Son travail la passionnait et comme l'activité de la Malmaison se développait dans de multiples directions, elle collaborait activement à la restauration des différents meubles de la collection permanente, voire de ceux prêtés pour une exposition qui se succédaient à raison de deux chaque année.

Début 2001, Monsieur Corville, que tout le monde appelait « Maitre Jacques », la convoqua dans son bureau pour lui annoncer que le Ministère en liaison avec son homologue anglais avait décidé de l'organisation pour le troisième trimestre 2003 d'une grande exposition sur « Napoléon à Sainte-Hélène » et qu'il avait avancé son nom pour être la Commissaire de l'exposition, ce qui avait été accepté. L'importance que le ministère voulait accorder à la future exposition était telle que l'on avait décidé en haut lieu de la proposer à La Malmaison et non au château de Bois Préau pourtant consacré plus particulièrement au souvenir « Hélènois ».

Solène était folle de joie, non seulement les fondamentaux de son travail la stimulaient depuis qu'elle avait été titularisée dans l'équipe du Château, mais de plus elle allait avoir de vraie responsabilités et une occasion spectaculaire de montrer ses capacités.

Solène se mit immédiatement à la tâche. Femme de son époque, elle commença par mettre des alertes sur son ordinateur en direction de plusieurs sites pointus spécialisés sur la période du 1er Empire, puis elle alla à la bibliothèque du château et y rafla tout ce qui avait été écrit sur la période de l'exil. Elle devint incollable sur le séjour de l'Empereur à Longwood, sur le comportement de celles et ceux qui avaient accepté de l'accompagner dans cette île perdue, sur les causes encore controversées de sa mort, sur le rôle du Gouverneur anglais Hudson Lowe ainsi que sur ses relations exécrables avec son illustre prisonnier qu'il refusait de nommer autrement que par « Général Bonaparte », sur l'enterrement du Géant et bien plus tard, en 1840, sur le retour de ses cendres, en apothéose, aux Invalides.

Elle avait, bien évidemment, passé ses congés de Pâques en Corse au plus près du souvenir de l'Empereur. Elle avait trouvé à Porticcio petite commune balnéaire tout proche d'Ajaccio, un petit hôtel confortable avec vue sur les îles sanguinaires, et, entre deux séances de bronzage, elle en avait profité pour respirer l'air de Sa ville natale, y arpenter les rues dont la plus grande partie font référence au grand homme, visiter la maison de la rue Malerba où était Il était né, découvrir la ferme des Millelli, ainsi que le musée Joseph Fesch, créé par son oncle, le Cardinal et qui était en partie un musée dédié à Napoléon.

Désormais « tombée sous le charme », Solène était devenue en quelque sorte amoureuse de la destinée de l'Empereur...

De retour sur le Continent, elle avait commencé à classer consciencieusement tous les objets, meubles et tableaux qu'elle voulait voir figurer dans l'exposition et était maintenant constamment en rapport avec les conservateurs des autres musées dans le monde qui possédaient des œuvres de référence sur l'exil de l'Empereur, sans oublier celui de Cuba, le plus important d'Amérique, crée par le fameux Docteur Antommarchi, dernier médecin de Napoléon, celui-là même qui avait réalisé son masque mortuaire et qui, des années après plus tard, était parti soigner les Cubains lors d'une épidémie de fièvre jaune et dont il était mort sur place du même mal. Solène essayait également d'obtenir, souvent avec difficultés, le prêt d'objets dont elle avait connaissance et qu'elle savait être détenus par des collectionneurs privés.

Des semaines de travail plus tard, ce mardi 23 octobre, après un déjeuner avalé à toute vitesse sur un coin de son bureau, elle décida d'aller respirer un peu dans le parc pour préparer au calme la conversation qu'elle devait avoir avec un richissime collectionneur américain à qui elle espérait emprunter un rare portrait de l'Empereur peint à Sainte-Hélène par un voyageur de retour des Indes.

En déambulant à l'intérieur du domaine, elle se trouva passer devant les anciennes écuries transformées depuis des décennies en un Pavillon des voitures et y entra machinalement. C'était un lieu assez exigu où étaient remisées plutôt qu'exposées les calèches de l'Empereur et de Joséphine dont le fameux landau transformé en berline pour la campagne de Russie. Dans le fond du local, Solène aperçut une sorte de chariot de couleur sombre qu'elle n'avait jamais remarqué auparavant, en fait, un plateau de vilain bois assorti de 4 roues et qui détonnait par sa rusticité en ce lieu. Solène déchiffra le morceau d'étiquette qui reposait sur un petit lutrin devant le curieux engin et y lut «Corbillard de l'Empereur 1821»

Solène fût stupéfaite, elle avait la certitude que le corbillard de Napoléon était exposé aux Invalides. Elle rentra à son bureau à vive allure et se replongea dans la période des obsèques.

À la fin de l'après-midi elle avait compris que le « vrai » corbillard de Napoléon était celui de la Malmaison : le méchant chariot à roulette, l'autre, le « prestigieux », était celui des Invalides et avait uniquement transporté le corps de l'Empereur lors du retour des cendres en 1840.

La confusion provenait des manutentions organisées par le triste Sir Hudson Lowe....

-2-
Sir Hudson Lowe

Sir Hudson Lowe pensait, après la mort de Napoléon, revenir en Angleterre célèbre et félicité considérant s'être parfaitement acquitté de la tâche ingrate qui lui avait été confiée. Or rien ne se passa comme prévu. À son retour de Sainte-Hélène à l'automne 1821, il fut quasiment traité comme un paria par la bonne société et marginalisé par son propre gouvernement. Tous lui reprochèrent l'inhumanité avec laquelle il avait accompli sa mission. En effet, les compagnons de l'Empereur qui étaient retournés en Europe comme Las Cases et Gourgaud, les voyageurs, les marins et tous ceux que Napoléon avait rencontré et à qui Il avait réussi à parler, avaient raconté ce qu'ils avaient constaté, et ils furent tous unanimes à dénoncer la maladive rigueur avec laquelle Sir Hudson Lowe avait traité son illustre prisonnier.

Le gouvernement conservateur estima donc préférable de l'éloigner et l'expédia à Ceylan nanti de l'espoir d'obtenir le poste de gouverneur. Sa nomination tardant à venir et le romancier Walter Scott ayant fait paraitre en 1827 une « Histoire de Napoléon Bonaparte » où son comportement était gravement critiqué, Hudson Lowe décida de rentrer en Angleterre en 1828 dans l'intention de se justifier publiquement. Sur le chemin du retour, il s'arrêta à Sainte-Hélène pour récupérer les souvenirs Napoléoniens qu'il avait acquis à Longwood dès la mort de l'Empereur et qu'il avait fait mettre à l'abri. Il eût alors l'idée de rapporter également le pauvre char funèbre qui avait servi à transporter le corps de Napoléon jusqu'à sa tombe en se proposant de l'offrir au premier ministre britannique dans l'espoir de rentrer en grâce. Mais à son retour, on fit comprendre à Hudson Lowe qu'il n'avait plus rien à espérer, pas plus de poste de gouverneur à Ceylan que dans quelque autre endroit de l'Empire. Il y retourna cependant dépité et y vécût quelques années avant de revenir en Angleterre et y mourir dans le dénuement et l'indifférence générale en 1844.

Le corbillard offert par Hudson Lowe à son gouvernement resta stocké à Londres à l'Arsenal de Woolwich jusqu'en 1858, date à laquelle la reine Victoria l'offrit à Napoléon III en gage de réconciliation.

Il fut ensuite d'abord exposé sous la galerie des Invalides puis depuis le début du XXème siècle, à la Malmaison...

-3-
Solène

Solène prit alors la décision de donner à cet étonnant corbillard qui avait transporté jusqu'à sa tombe insulaire le corps de l'homme d'état probablement le plus célèbre au Monde, une place de choix dans l'exposition dont on lui avait confié la charge. Au préalable, la remise en état du véhicule funèbre s'imposait. Tout naturellement, Solène décida de s'en occuper elle-même.

Elle demanda par téléphone qu'on lui dépêche deux manutentionnaires afin de transporter le corbillard jusqu'à l'atelier de restauration.

Au matin, Solène prit avec elle un grand cabas à l'intérieur duquel elle jeta nonchalamment la trousse contenant les outils nécessaires au travail à effectuer et partit en chantonnant en direction de l'atelier...

CHAPITRE 4
L'énigme

Vilnius, le mercredi 24 octobre 2001,

Matas n'en revenait toujours pas, il avait devant les yeux deux parchemins qui dataient, maintenant il en était certain, de presque deux siècles car sur l'un des deux documents on pouvait nettement deviner une signature qui, même si elle était incomplète, semblait bien être celle de l'Empereur Napoléon. En Lituanie, Napoléon était hautement considéré ; tous les élèves apprenaient que celui-ci avait été le premier chef d'état à allumer en Pologne et en Lituanie, alors occupés par la Russie des Tsars, les premières flammes de la liberté.

Matas sortit de la cuisine et se dirigea vers la chambre de son plus jeune fils Dani qui avait fait des études d'architecture, afin de se mettre en quête d'une feuille de papier calque et d'un crayon gras qu'il dénicha rapidement dans un de ses tiroirs. Puis il retourna dans la cuisine, déposa le papier calque sur le 1er parchemin et se mit à transcrire en transparence à l'aide du crayon ce qu'il voyait d'inscrit en faisant bien attention de ne pas trop appuyer pour ne pas détériorer l'original. Au bout de quelques minutes, il sépara les deux papiers et observa son travail.

On pouvait y lire les suites de lettres suivantes :

.orogob... .. 8 . ov...re ..12

Sa.. con.uit

L. se..... Ang. Bat.... d. 2 reg.....d. dra.... mpé..a.

e.t .. miss... p.. .Emp.....

Napo.éon

Un morceau de cachet où l'on pouvait distinguer un Aigle était également incrusté sur le papier mais Matas n'avait pu le décalquer.

Le deuxième document, qu'il décalqua également était, lui, totalement mystérieux, il s'agissait à coup sûr d'un morceau de carte sur laquelle ne pouvait être distingué aujourd'hui qu'une vague forme allongée qui pouvait s'apparenter à une esquisse « d'hippocampe » à l'extrémité de laquelle figurait un emplacement marqué d'une croix désignée par une flèche, probablement pour marquer l'orientation.

Le sixième sens de Matas lui souffla que sa découverte était tout sauf anodine, il décida donc tout naturellement et sans beaucoup se consulter, de la garder pour l'instant pour lui et de tenter de « jouer au détective » !

Mais par où commencer ?

Bien sûr, tout d'abord essayer de décrypter ce texte...

Après avoir longuement réfléchi devant ces suites de lettres et vidé plusieurs verres de la vodka locale pour tenter de s'éclaircir les idées, il prit la décision de téléphoner à Magda.

-2-
Magda

Magda était une jeune et jolie prostituée Ukrainienne de 25 ans, grande et élancée, des cheveux blonds coupés très courts encadraient son visage, caractéristique des femmes slaves : menton assez fort mais de jolies pommettes saillantes surmontées de grands yeux en amande qui chez elle, étaient de couleur verte. Elle avait de plus, chose appréciable dans son métier une paire de petits seins ronds et fermes qui faisaient tourner la tête de tous ses clients.

Elle était fille unique et avait vécu toute sa jeunesse dans un quartier miteux de Kiev entre une mère ouvrière qui travaillait dans une usine textile dont les locaux étaient situés à 50 kms de leur domicile et qu'elle ne voyait quasiment jamais et un père employé des postes qui était tous les jours saoul à partir de 6 heures du soir sauf le week-end où il ne dessaoulait pas de toute la journée. Magda avait donc passé toute sa malheureuse enfance tiraillée entre deux sentiments : la frustration due à l'absence de sa mère et la crainte que lui inspirait son père...

Ne dédaignant pas un petit revenu supplémentaire, ses parents lui avaient fait arrêter l'école à 14 ans pour lui faire intégrer une école dédiée à la formation d'apprentie coiffeuse, métier qu'elle avait ensuite exercé sans aucune vocation particulière jusqu'à ses 18 ans.

Devenue majeure, elle décida sans regret de quitter le foyer familial et de mener désormais sa vie comme elle l'entendait. Comme elle avait compris, depuis un certain temps déjà, au travers des regards que lui lançaient les garçons que son physique ne les laissaient pas indifférents, elle avait, sans s'interroger plus longtemps, commencé à poser pour des photos de nus, puis très vite avait fait de la figuration dans de petits films coquins diffusés sur la toile, et, de fil en aiguille avait intégré un réseau de boîtes de nuit où elle faisait 4 fois par soirée un numéro de peep-show. Elle avait cependant refusé de tourner dans des films porno ayant peur des maladies sexuellement transmissibles, les acteurs en Ukraine ayant le plus souvent l'habitude de tourner sans capotes.

Il y a 4 ans, elle avait rencontré Boris, un voyou qui avait alors 26 ans et faisait partie d'une bande mafieuse spécialisée dans le trafic de drogue synthétique revendue principalement en Europe de l'Ouest. Boris qui l'avait séduite rapidement la battait bien de temps en temps, mais, quand il n'était pas violent, il pouvait être tendre et même parfois drôle...

Magda qui au début de leur liaison avait été attirée par la virilité de Boris, voyant en lui quelqu'un qui serait également capable de la protéger dans ce milieu de la nuit toujours dangereux pour une femme seule, avait fini par se persuader qu'elle était amoureuse de lui et faisait désormais maintenant à peu près tout ce qu'il lui demandait de faire.

C'est la raison pour laquelle elle était devenue sur la suggestion pressante de celui-ci, prostituée a Vilnius.

-3-
Boris

Boris était un enfant abandonné, il n'avait jamais vraiment connu ses parents. Des esprits mal intentionnés lui avaient un jour laissé entendre, que ses parents l'avaient, à l'âge de 3 mois, déposé sans un mot sur le palier d'une voisine et avaient disparu de la circulation. Des camarades d'école lui avaient raconté plus tard qu'ils avaient entendu dire par des adultes du village qu'ils avaient été envoyés au Goulag en Sibérie. En tous les cas, ils n'avaient plus jamais donné de leurs nouvelles...

Boris avait été élevé par un grand oncle qui vivait à la campagne et l'avait fait trimer dur à la ferme dès l'enfance. Il avait constamment faim et froid sauf l'été où il devait aider à faucher et à rentrer les blés sous une chaleur étouffante au beau milieu de cette plaine ukrainienne où la poussière envahissait tout.

Il n'avait pas souvenir jusqu'à ses 10 ans d'une nuit où il n'avait pas pleuré sur la paillasse qui lui servait de lit.

Il était allé à l'école du village, mais plutôt que d'écouter l'enseignement de ses maîtres, il ne faisait que se battre avec ses camarades de classe, et, le Parti, afin de tenter de le mater, l'avait enrôlé d'office à 12 ans dans un groupe de Pionniers spécialisé pour les cas difficiles. Mais rien n'y fit, Boris restait réfractaire à toute autorité et le jour de ses 15 ans, il se sauva après l'extinction des lumières du baraquement qu'il occupait depuis 3 ans, revint vers la ferme de son oncle et s'y cacha jusqu'au petit matin. Lorsque l'oncle sortit pour se débarbouiller au puits, Boris attendit qu'il ait eu le dos tourné pour, sans un mot, l'assommer violemment à coups de pelle. Son oncle inconscient, il prépara ensuite un petit balluchon, prit un morceau de pain qui trainait sur la table dans l'entrée, empocha les quelques roubles qu'il savait être cachées dans un pot vide de cornichons placé tout en haut de l'armoire dans la cuisine et s'enfuit sans se retourner vers la ville.

Boris, malgré ses 15 ans était déjà robuste et très fort physiquement. C'était un grand garçon brun, avec un visage déjà marqué par tout ce qu'il avait enduré jusque là mais qui possédait paradoxalement des yeux très doux contrastant fortement avec tout le reste de son physique et la rudesse de son caractère. Il avait déjà un semblant de moustache et ceux qui le voyaient pour la première fois pouvaient presque le prendre pour un adulte.

Boris avait déjà compris qu'en ce qui le concernait, il n'y avait rien à attendre des hommes et que pour survivre il lui faudrait se battre... Il avait déjà pris conscience également qu'il n'avait peur de rien...

Dès son arrivée à Kiev, il vola le portefeuille d'une vieille dame, s'acheta quelques vêtements « de ville » et commença sa quête de survie. Il trouva rapidement dans les bas quartiers de la ville une bande de petits vauriens dans son genre qui vivaient de vols à la tire, mais surtout de trafic de cigarettes américaines.

Deux ans plus tard il était leur chef, trois ans plus tard, il était passé au trafic de contrefaçons de champagne et de whisky.

Appelé en 1989 à effectuer ses deux années de service militaire obligatoire au sein de l'Armée rouge et ayant pris goût au maniement des armes, il s'engagea ensuite comme mercenaire au service de la république serbe de Krajina qui, au sein de la Croatie devenue récemment indépendante, cherchait à faire sécession. Les combats atroces de cette guerre qui ravagea toutes les nationalités de cette ex-Yougoslavie pendant 5 années avaient également été constamment marqués par les pillages incessants des maisons abandonnées suite aux bombardements et par les demandes de rançons des prisonniers capturés, le plus souvent sans aucun respect des lois de la guerre. Ce contexte quasi barbare permit à Boris de s'endurcir encore d'avantage, mais surtout de se constituer un joli pécule qu'il entendait bien investir, une fois rentré au pays, afin de le faire fructifier aux travers des activités pour lesquelles il avait déjà montré par le passé quelques facilités.

À la fin de cette guerre, Boris n'était plus qu'une boule de haine désormais incapable d'une quelconque compassion.

Quand il fût de retour à Kiev, il avait 25 ans, l'URSS avait éclaté et l'Ukraine était devenue indépendante depuis 3 ans. Il s'aperçut vite que ce changement pouvait devenir pour lui une aubaine. L'Empire Russe s'était effondré comme un château de cartes à une vitesse qui avait stupéfié le monde entier, un siècle de contraintes permanentes pour chaque citoyen de chacune des différentes républiques avait laissé place à une soif de liberté qui semblait n'avoir plus aucune borne : désormais l'individu était roi et le modèle à suivre était devenu en un clin d'œil celui de l'Occident, jadis honni.

Dans ce nouveau contexte, Boris ne fût plus tendu que vers un seul but : faire de l'argent le plus vite possible, et ce, quels que soient les moyens employés. Boris, était donc très vite passé aux choses sérieuses et opérait maintenant dans le trafic de drogue synthétique qui lui rapportait gros. Il avait pu, grâce à l'argent ramené de Croatie se constituer un stock de départ suffisant et était devenu en seulement deux années un acteur clé des quartiers louches de Kiev. La prostitution de jeunes femmes, surtout étrangères, constituait désormais une de ses nombreuses activités. Il les « fidélisait » assez facilement car, par un contraste étonnant de son caractère il pouvait, au moment opportun, au contact des femmes qu'il souhaitait enrôler dans son business, s'adoucir et être même capable de gestes tendres...

Magda était l'une d'entre elles...

Il avait connu Magda il y a quatre ans dans un peep-show de la rue Mechnykova et l'avait ensuite invitée après son numéro à prendre un verre. Normalement la Direction de ces boites refusait que les danseuses couchent avec leurs clients, mais Boris lui avait esquissé son sourire animal et ils avaient couché ensemble dès le premier soir. Boris était revenu souvent et, à chaque fois, ils finissaient au lit. Boris appréciait leurs étreintes, il aimait son corps et ses seins, il la battait un peu parfois, mais il sentait qu'elle ne détestait pas. Elle lui avait raconté les différentes étapes de sa vie et Boris avait vite compris que Magda qui, d'après ce qu'elle lui avait avoué sur l'oreiller, n'était encore jamais tombée amoureuse, commençait à ressentir pour lui une vraie attirance.. Alors Boris pensa qu'il pourrait tenter de joindre l'utile à l'agréable, et proposa à Magda de se prostituer, il lui trouverait des clients et ils partageraient les recettes.

Elle accepta tout de suite à condition toutefois de ne pas faire le trottoir et de travailler seulement au travers d'une « couverture » d'Escort girl", donc uniquement sur rendez-vous.

Cependant, en très peu d'années, en Ukraine comme en Russie, les trafics en tous genres s'étaient développés dans toutes les directions, les mafias occidentales avaient commencé à entrer dans le jeu et des bandes rivales à celle de Boris se montraient de plus en plus dangereuses : la concurrence était devenue très rude et les affrontements de plus en plus fréquents. L'an dernier, Boris décida donc astucieusement de faire émigrer son activité vers la Lituanie dont le « marché » lui semblait encore vierge et qui, de plus, s'il se débrouillait bien, lui ouvrirait les portes des trois pays baltes.

Il proposa à Magda de l'accompagner et de continuer leur business commun à Vilnius, ce qu'elle accepta aussitôt.

-4-
Magda et Matas

Il était 10 heures du soir lorsque Magda reçut le coup de téléphone de Matas. Il lui demandait si elle pouvait venir chez lui tout de suite, il voulait lui parler d'une aventure étrange qui lui était arrivée aujourd'hui et surtout lui montrer quelque chose. Elle sentit, connaissant bien l'histoire de sa famille et le sachant, malgré son comportement souvent rugueux, assez fragile, qu'il avait un besoin urgent de se confier.

Comme elle ne prenait jamais de client le lundi, car après le « rush » du week-end, un peu de repos était nécessaire, elle avait déjà diné et allait regarder une série à la TV. Elle pesta, mais sur l'insistance de Matas avec qui elle avait au fil du temps noué de véritables liens d'affection, elle se rhabilla, enfila un manteau à col de fourrure, sortit de son studio, héla un taxi et donna l'adresse de l'appartement de Matas qui n'était qu'à 10 minutes de chez elle.

Quand il ouvrit la porte après qu'elle eût sonné, elle vit tout de suite que celui-ci avait bu. Matas était tout débraillé et semblait anormalement excité. Il l'embrassa pour la forme, lui prit la main et l'entraina immédiatement vers la cuisine. Dès qu'elle se fût assise, il lui expliqua tout dans un grand désordre verbal : la trouvaille des ossements, sa curiosité, sa découverte de la petite boite, et, dans le même temps qu'il lui étala le calque sur la table, il lui lût les bribes de phrase au contenu indéchiffrable qu'il avait retranscrit.

Magda mit un peu de temps à trouver un semblant de cohérence à ce que lui avait débité Matas avec un tel enthousiasme, puis, une fois ses idées en place, elle examina les signes longuement, et, pour le coup, demanda à Matas qu'il lui serve un verre de quelque chose. Quelque chose voulait dire vodka pour Matas qui remplit son verre en même temps que le sien.

Ensuite, verre à la main et en pleine concentration, ils se penchèrent tous deux sur le calque afin de tenter de lui faire délivrer son secret.

CHAPITRE 5
Le pli secret

-1-

Montholon

Ile de Sainte-Hélène, le vendredi 27 avril 1821,

Le Comte Charles-Tristan de Montholon était totalement épuisé, à demi étendu dans son salon sur un grand fauteuil, il tentait vainement de somnoler.

Plus que tout autre il savait que l'Empereur arrivait au bout de sa course et, plus que tout autre, il redoutait les heures et les jours à venir. Il avait passé depuis le 15 avril toutes ses journées et même toutes ses nuits au chevet de l'Empereur afin de l'assister dans la rédaction de Son testament qui commençait par cette phrase : « Je meurs dans la religion apostolique et romaine, dans le sein de laquelle je suis né, il y a plus de 50 ans ». Ensuite, malgré les douleurs et l'épuisement, L'Empereur avait tenu à écrire lui-même l'intégralité de son testament : un testament principal auquel il avait ajouté jour après jour et jusqu'à hier, codicilles sur codicilles ainsi que deux lettres d'instructions pour ses exécuteurs testamentaires. Montholon s'était tenu au bord de son lit et le plus souvent lui avait dicté des passages que Napoléon avait mis au point avec lui des semaines auparavant. L'Empereur écrivait à demi assis sur son lit, un pupitre en bois posé sur ses jambes, Montholon tenait, lui, l'encrier.

En réalité le « vrai » testament, « l'immatériel », c'était Las Cases, Bertrand, Gourgaud et lui-même qui en étaient dépositaires au travers de tout ce que leur avait confié l'Empereur durant ses 6 années de détention.

Le testament « officiel », le « classique », que l'Empereur avait enfin fini de rédiger hier comprenait lui, quatre parties d'inégales longueurs : la première transcrivait un souhait : « Je désire que mes cendres reposent sur les bords de la Seine au milieu de ce peuple français que j'ai tant aimé », la seconde reflétait le cri de la victime : « Je meurs prématurément, assassiné par l'oligarchie anglaise et son sicaire », la troisième concernait son fils, le Roi de Rome, afin qu'il n'oublie jamais « qu'il était né Prince français », à qui il adjurait de « ne jamais combattre ni nuire en aucune manière à la France » et à qui il léguait tout ce qui pouvait lui rappeler le conquérant victorieux qu'Il avait été pendant 15 ans : ses armes, épées d'Austerlitz, glaives, couteaux, pistolets, mais aussi ses uniformes, ses lits de camp, ses éperons, jusqu'au réveil matin de Frédéric II qu'Il lui avait dérobé à Postdam, la quatrième partie était une longue suite de legs ; il avait tenté de n'oublier personne, une centaine d'ayants droit figuraient sur les feuillets testamentaires, il avait même pensé à la famille de son aide de camp Muiron, qui avait été tué en le couvrant de son corps au pont d'Arcole en 1796 et à laquelle il léguait 100.000 francs.

Montholon, qui, depuis le départ de Las Cases et surtout de Gourgaud, était devenu le principal soutien de l'Empereur et avait fini par éprouver pour Lui, au-delà de l'admiration, une réelle affection, n'avait pas été oublié. Il était en fait le principal bénéficiaire des volontés testamentaires de L'Empereur, celui-ci lui avait fait un legs de 2.000.000 de francs auquel il avait ajouté ultérieurement dans deux codicilles 400.000 francs supplémentaires : une véritable fortune...

Tout à ses pensées, il ne vit pas entrer Ali que son valet avait introduit :

L'Empereur le demandait à son chevet.

-2-
Napoléon et Montholon

Quelques minutes plus tard, Montholon fut introduit dans la chambre de l'Empereur. La maigreur de celui-ci était devenue effrayante, on devinait les os de son crâne à travers sa peau diaphane qui semblait n'avoir plus aucune épaisseur. Bien qu'il l'ait quitté tard hier soir, Montholon fût à nouveau impressionné et plein de compassion pour celui qui fût le plus grand homme de son temps et qui finissait ainsi sa vie si loin de ce qui avait été sa raison de vivre et de régner : la France et la Grande Armée.

Napoléon, qui somnolait lorsque Montholon fût introduit, ouvrit alors un œil, et, reconnaissant son hôte, se redressa avec difficulté, esquissa un sourire à son visiteur et demanda à Ali de lui faire passer le pli qui était posé sur son chevet. Ce pli, d'une taille anormalement petite et dont le papier semblait être constitué d'un vélin extrêmement fin était plié en trois dans le sens de la longueur et déjà scellé du cachet Impérial.

— Comte, lui dit d'une voix faible Napoléon, après avoir demandé à Ali de les laisser seuls, il me reste à solliciter de votre part un très grand service, service que j'estime pouvoir encore vous demander au travers des volontés testamentaires que j'ai émise à votre endroit, et service pour lequel j'exige que vous gardiez le secret le plus absolu.

— Sire, protesta Montholon, vous savez fort bien depuis toutes ces années passées à vos côtés combien vous pouvez, aujourd'hui comme demain, compter sur mon total et absolu dévouement.

— Comte, lorsque je ne serai plus de ce monde, ce qui, je le sais, ne saurait excéder quelques jours, je souhaite que vous remettiez ce pli revêtu de mon sceau à mon oncle le Cardinal Joseph Fesch qui réside, comme vous le savez, à Rome auprès du Pape. Vous n'ouvrirez pas ce pli qui doit rester secret et en aucun cas vous ne devrez le porter sur vous lorsque vous rentrerez en France après ma mort. Comme vous le savez, le testament ainsi que ses codicilles devront être ouverts en mer en présence des autorités anglaises sitôt arrivé dans les eaux d'Europe et, une fois arrivé en Angleterre ils seront confisqués et conservés par le gouvernement Britannique. Cachez ce pli sur l'île dans un endroit sûr jusqu'à votre départ et prenez vos dispositions pour le faire arriver en France en même temps que vous sans que vous ne soyez inquiété ou surpris.

Comte, je sais pouvoir compter sur vous.

Montholon s'empara alors religieusement du pli que lui tendait l'Empereur, avant que ce dernier vaincu par ce nouvel effort s'affale à nouveau sur son lit en grimaçant de douleur.

— Allez maintenant, lui dit l'Empereur, et revenez demain tenir la main du pauvre Napoléon qui se meurt.

Montholon serra le pli dans la poche intérieure de sa vareuse, baisa la main, inerte et qui pendait du lit, de son Empereur, s'inclina et sortit sans un mot.

Comme il pleuvait à verse, Ali, resté dans l'antichambre, lui tendit un parapluie.

Sur le chemin du retour, bouleversé par cette dernière vision de Napoléon, Montholon se demanda avec angoisse où il pourrait bien cacher le pli que lui avait confié l'Empereur, et auquel visiblement, il tenait tant ?

CHAPITRE 6
Le 9ème codicille

Château de la Malmaison, le mercredi 24 octobre 2001,

Solène pénétra dans l'atelier et aperçût du premier coup d'œil le corbillard qui avait été placé au centre de la pièce. Elle déposa alors sons cabas, sortit sa trousse à outils et se mit à tourner autour de l'objet à restaurer. Le verdict était sans appel : tout était en très mauvais état et si l'on voulait rendre cette si précieuse chose présentable, un gros travail s'imposait...

Elle décida prioritairement de commencer par décaper le plateau de bois sur lequel avait été déposé le cercueil ; c'est ce qui lui paraissait le plus facile et lui permettrait ainsi, tout en travaillant, de réfléchir à la suite du travail à effectuer.

Après avoir décapé une première fois une grande partie du plateau, elle s'attaqua, pour finir ce premier passage, à la partie avant. Elle approcha alors sa ponceuse du petit rebord de bois à l'extrémité du plateau, rebord qui était disposé horizontalement du côté du conducteur du corbillard, et remarqua une légère excroissance dans le bois qui se confirma au toucher. Intriguée, elle changea d'outil, prit un petit couteau, et, tout doucement, gratta pour aplanir la surface et la rendre homogène au reste du plateau. Tout en grattant, elle s'aperçut qu'il y avait à cet endroit une matière assez dure qui n'était apparemment pas du bois, et qui, de plus, s'effritait sous le couteau. On aurait dit une sorte de mastic fossilisé par le temps. À l'aide de son couteau, elle fit alors apparaitre un petit trou au fond duquel elle vit briller faiblement quelque chose. Le cœur battant, elle allât chercher l'outil adéquate pour tenter d'extraire ce qui semblait être enfoui au fond de ce minuscule orifice.

À l'aide d'une longue et étroite pince dont elle s'était munie, elle arriva, au bout d'un quart d'heure d'efforts et à sa grande surprise, à extraire, sans rien détériorer autour, un mince tube fait d'un métal qui semblait bien être du cuivre.

Extrêmement troublée, et ne sachant pas très bien ce qu'il convenait de faire mais surtout de penser, elle arrêta là son travail, reboucha délicatement le trou avec un mastic étanche, remit ses outils dans leur trousse, déposa le tout dans son cabas, mis le petit tube dans son sac et remonta dans son bureau pour se donner le temps de la réflexion.

Un quart d'heure plus tard et une fois assise à sa table de travail, elle examina attentivement le tube sous une lampe professionnelle à l'éclairage très puissant mais qui ne dégageait pas de chaleur et s'aperçut alors que celui-ci était fermé aux deux bouts. L'idée lui vint presque instantanément que ce tube faisait penser à une sorte de « bouteille à la mer », la conclusion logique serait donc qu'il contienne quelque chose ; il fallait donc tenter de l'ouvrir.

Solène s'y essaya tout d'abord manuellement, mais se rendit vite compte que le pas de vis encore visible sur l'un des côtés était totalement grippé car, après plusieurs tentatives, il s'avéra impossible à décoincer.

Solène alla alors chercher dans son atelier une petite scie d'artisan et entreprit de découper très délicatement le tube par son milieu.

Cinq minutes après, le tube enfin ouvert lui découvrait son secret : un minuscule pli d'un papier très fin, fermé à l'ancienne et qui avait été roulé si serré qu'il avait pu, malgré l'étroitesse du tube métallique, y être inséré sans autre dommage que l'usure du temps.

Solène déplia avec d'infinies précautions les 3 volets de ce pli qui ne comportait aucune mention écrite sur le dessus mais qui, à sa totale stupéfaction, portait des restes du sceau qui en avait assuré la fermeture et que celle-ci reconnût à coup comme étant un cachet d'Empire.

Ce qui était inscrit à l'intérieur du pli était encore lisible malgré le lessivage du temps, et ce qu'elle y lût la força à s'assoir aussitôt :

Ce 27 avril 1821, Longwood,

Ceci est mon 9ème et dernier codicille, ou acte de ma dernière volonté.

Je charge le Comte Charles-Tristan de Montholon qui m'assiste en cet instant, de porter ce pli testamentaire à Monseigneur Joseph Fesch, mon oncle, qui réside actuellement à Rome afin que celui-ci se mette en demeure de retrouver le sieur Ange Battisti, originaire d'Ajaccio et ancien sergent au 2ème dragon de ma garde Impériale, et qui devra lui rendre compte de la mission que je lui ai confié en Russie il y a de cela 9 ans. Vous le récompenserez à la hauteur de la tâche accomplie.

Ce codicille ne sera jamais imprimé. Il restera secret, il sera annulé aussitôt qu'il sera exécuté ; communication en sera refusée comme contenant des affaires de conscience. Ce codicille est signé de ma propre main et écrit de même tout entier.

Signé : Napoléon

CHAPITRE 7
Le départ d'Ange Battisti

Dorogobouj, le lundi 9 novembre 1812,

Il faisait un froid à « pétrifier un œuf » !

L'Empereur avait confié à Ange une Mission et quelles que soient les difficultés qu'il aurait à surmonter, il ferait tout ce qui serait en son pouvoir pour l'exécuter.

Il avait quitté la tente Impériale hier au soir, encore rempli de la fierté d'avoir pu partager le formidable secret qu'il lui avait confié, et confié à lui seul. Il n'était pas retourné dans son cantonnement, son officier ayant été prévenu que le sergent Ange Battisti avait été chargé d'une mission pour l'Empereur. Roustam Raza lui avait donné, sur les instructions de l'Empereur, deux chevaux qui attendaient derrière la tente ainsi que des vêtements chauds, des outils, deux fusils et de la nourriture pour 15 jours. Roustam l'avait également aidé à fixer le chargement sur le dos des chevaux et Ange était parti dormir seul dans un endroit retiré du centre, où, pour avoir moins froid, il s'était allongé entre ses deux montures dressés depuis des années par les hussards et les dragons à supporter des conditions extrêmes et surtout habitués à dormir couchés alors que généralement les chevaux ne réussissent à dormir allongés que dans leur box ou bien lorsqu'ils se sentent en parfaite sécurité..

Avant de partir, il avait noué autour de son cou à l'aide d'une solide ficelle la petite boite contenant le Sauf Conduit et la carte que lui avait donné l'Empereur.

À partir du lendemain matin, Ange attendrait, comme le lui avait demandé Napoléon, que le gros de ce qui restait de la Grande Armée passe et ensuite, il se mêlerait aux civils et aux blessés qui fermaient la marche sur des kilomètres et suivrait au milieu d'eux la retraite.

Arrivé dans la région des lacs, à peu près 10 kilomètres après Smolensk, il obliquerait vers le nord et se dirigerait vers le lieu que l'Empereur avait lui-même marqué d'une croix sur la carte et dont il lui avait soufflé le nom à l'oreille...

CHAPITRE 8
La piste Corse

Ajaccio, les 13-16 novembre 2001,

Ce que Solène avait découvert était à peine croyable, une vraie « bombe » pour les historiens : Napoléon avait écrit un 9ème Codicille dont, jusqu'à aujourd'hui, personne n'avait jamais entendu parler, et c'est elle, Solène de la Roche, qui l'avait découvert ! Quelle histoire sidérante !

Son premier mouvement avait été de se précipiter dans le bureau de « Maître Jacques » pour lui faire part de sa découverte, mais au moment de franchir la porte de son bureau, le pli Napoléonien à la main, elle se ravisa soudainement, fît demi-tour vers son bureau, s'assit et se mit à réfléchir : si elle dévoilait aujourd'hui sa trouvaille, bien sûr elle aurait son quart d'heure de notoriété, elle voyait et entendait déjà les télévisions et les radios la filmant et l'interviewant en boucle avec leurs questions genre : « Quel effet cela fait-il pour une jeune restauratrice de découvrir un Codicille inédit du testament de Napoléon ? », mais surtout, elle savait très bien que la suite des évènements lui échapperait et que toutes les recherches ultérieures sur le pli seraient menées en dehors d'elle.

Or Solène était ambitieuse et surtout très curieuse, mais curieuse dans le bon sens du terme, c'est-à-dire l'esprit ouvert à tout ce qui est nouveau et inconnu mais avec toujours la ferme volonté d'aller prioritairement rechercher derrière la question qui était posée à sa sagacité, la réponse idoine. C'est pourquoi, après avoir pesé les avantages et les inconvénients de sa réflexion, elle décida de garder pour l'instant sa découverte pour elle et de mener seule l'enquête... Le mystère une fois élucidé, alors là, oui, elle irait trouver « Maître Jacques » et lui amènerait sur un plateau le problème en même temps que la solution...quitte à se faire diablement engueuler...mais, tout bien pesé, elle était bien décidée à prendre ce risque...

-2-

Ajaccio

Solène tenta alors de résumer intérieurement ce qu'elle avait appris à la lecture du Codicille et de lister les questions qui lui venaient par incidence tout naturellement à l'esprit.

Cet Ange Battisti, dragon de la Garde Impériale, était donc Corse, originaire d'Ajaccio et visiblement, à la lecture du Codicille, il n'avait toujours pas, au moment de la mort de Napoléon à Sainte-Hélène, rendu compte des résultats de la mission que celui-ci lui avait confié.

Mais, de quelle mission s'agissait-il ?

Pourquoi l'Empereur se manifestait-il si tard ?

Pourquoi le secret ?

Et Ange Battisti, qu'était-il devenu ?

Était-il mort en Russie, dans d'autres combats ultérieurs, rentré à Ajaccio, parti demeurer ailleurs ?

Comme, dans le cadre de l'exposition dont elle avait la charge, elle devait effectuer de nouvelles recherches à Ajaccio où deux collectionneurs privés s'étaient récemment manifestés, elle décida d'y partir le surlendemain. Après qu'elle eût obtenu l'accord de sa hiérarchie, Solène prit donc, deux jours plus tard, à Orly le vol Air France de 9 heures 25 qui atterrit à Ajaccio, Campo del Oro à 11 heures. Elle débarqua sous un beau soleil d'automne et, bagage en main, en sifflotant, alla louer sur le parking de l'aéroport une petite Clio à l'agence Avis et fila droit vers l'hôtel du Cardinal Fesch, 7 rue du Cardinal Fesch, où on lui avait réservé une chambre. Arrivée à l'hôtel, elle prit une douche, se changea pour une tenue plus légère car la température était printanière malgré la saison et partit pour une petite balade en ville. Elle avait décidé que cette après-midi et cette soirée seraient pour elle, elle ne commencerait ses investigations que seulement demain...

La première chose qu'elle fit le lendemain après avoir pris son petit déjeuner, fût de téléphoner à l'Hôtel du Département de Corse du Sud et de demander Monsieur Toto Angelli, responsable des archives départementales avec qui elle avait pu converser l'avant veille au téléphone. Lorsqu'elle réussit, au bout de 5 minutes d'attente, à obtenir son interlocuteur au bout du fil, elle le questionna pour savoir s'il avait pu, comme elle lui avait demandé, mettre la main sur les registres paroissiaux et d'état civil de la ville d'Ajaccio pour les années allant de 1770 à 1850. En Corse, il convient de ne jamais montrer que l'on est trop pressé, il lui fût donc classiquement répondu par le dit Toto Angelli que la personne en charge des registres paroissiaux ne serait là que demain, mais qu'il était certain cependant que ces registres étaient bel et bien présents dans les archives, elle pouvait donc, si elle souhaitait les consulter prendre rendez-vous pour le lendemain matin. Ce que, bien entendu, elle s'empressa de confirmer.

Elle profita de cette journée qui venait de se libérer pour rencontrer les deux collectionneurs qui l'avaient contacté pour l'exposition. Le premier possédait un soi-disant 2ème volume inédit des mémoires de Marchand, le majordome de Napoléon, à Sainte-Hélène, qui, après un examen sommaire semblait être bel et bien un faux.

Elle remercia cependant et, pour ne pas vexer son interlocuteur, accepta pour la forme de l'analyser plus en détail ultérieurement. Le second, possédait une des cravaches dont s'était servi Napoléon à Longwood, cravache qui avait été donnée à sa famille par la grande lignée corse des Pozo di Borgo, tous ennemis jurés de l'Empereur, et qu'un de leurs ancêtres avait racheté à Sir Hudson Lowe lors d'une vente aux enchères à Londres en 1828.

Le lendemain matin à 10 heures, Solène faisait face, au 1er étage du bâtiment des archives départementales, à Madame Amata Pietri, la responsable des registres paroissiaux.

Amata Pietri était une petite femme noiraude d'environ 60 ans, les cheveux tirés, coiffés en chignon et au comportement terriblement antipathique ; on aurait dit que Solène était devant elle dans le seul but de lui voler une information qui n'appartenait qu'au seul peuple Corse.

Solène lui avait indiqué en introduction l'objet de sa recherche, mais bien sûr, pas le pourquoi de cette même recherche : elle souhaitait retrouver la trace d'un certain Ange Battisti, très certainement originaire d'Ajaccio et qui avait du naître entre 1765 et 1795. Solène avait « tapé large » concernant les dates imaginant qu'Ange pouvait avoir, en Russie en 1812, entre 17 et 47 ans. Amata bougonna puis, sans dire un mot à Solène, disparût en marmonnant dans un couloir situé à l'autre bout de la pièce.

Au bout d'une heure, Amata réapparût, deux énormes registres sous le bras qu'elle lâcha sans préavis sur la table de lecture instantanément envahie par un nuage de poussières, avant de s'éclipser sans plus de commentaires derrière une porte.

Solène après qu'elle eût commencé à feuilleter le premier des volumes fit tout d'abord une découverte étonnante : bien que la Corse ait été cédée par la république de Gènes à la France lors du traité de Versailles de 1768, tous les registres étaient encore écrits en italien ; mais Solène ne s'en inquiéta pas outre mesure, car, ayant effectué des études de lettre et possédant des rudiments de latin et d'italien, elle savait qu'elle pourrait traduire sans trop de difficultés les actes de baptême, qui seuls, à l'époque, faisaient office d'actes officiels d'État Civil.

Solène passa toute la journée à déchiffrer page après page les deux gros registres ; vers 13 heures, elle alla se chercher un sandwich au saucisson et une ambruciatta, délicieuse tartelette corse à base de fromage de bruccio, et vers 4 heures de l'après-midi, les doigts totalement engourdis, elle découvrit enfin une inscription qui la fit sursauter de plaisir. Elle émanait de la Cathédrale Santa Maria Assunta d'Ajaccio, et Solène la traduisit ainsi :

Acte de baptême du sieur Ange Battisti, né et baptisé en la Cathédrale d'Ajaccio le 15 novembre 1770, fils légitime de Cristiano Battisti et de Maria Cristina, son épouse légitime ; ayant pour parrain son grand-père Leopoldo Battisti et Maddalena Torre.

Cérémonie célébrée par Martino Museli Archiprêtre. Ont signé le parrain, la marraine ne sachant signer.

Encouragée par cette première découverte, elle continua sa recherche et une heure plus tard fit une nouvelle « bonne pioche » :

- Acte de mariage en date du 7 janvier 1793, An second de la République française. Ont été marié ce jour, en la cathédrale d'Ajaccio, le citoyen Ange Battisti, fils de Cristiano Battisti, âgé de 23 ans et Luisa, âgée de 17 ans, fille du citoyen Antonella Bonfante ; suivent les signatures des témoins et des mariés.

Elle ne trouva ensuite aucun enfant né de ce mariage, par contre elle dénicha juste avant la fermeture de la salle une nouvelle inscription datée du :

18 mars 1822 concernant le remariage de Luisa Bonfante, précédemment mariée le 7 janvier 1793 avec Monsieur Ange Battisti, disparu, avec un sieur Francesco Marinelli.

Ange Battisti avait donc disparu !

Mais où était donc passé ce grognard alors si précieux aux yeux de Napoléon et quel secret cachait cet homme toujours recherché par l'Empereur 9 ans après ?

CHAPITRE 9
Les deux couples

-1-

Matas et Magda

Vilnius, le jeudi 15 novembre 2001,

Matas n'avait pu continuer à travailler à la mise au jour, à la collecte et au tri des ossements du charnier de Siauries Miestelis, celui-ci ayant été fermé aux ouvriers par décision administrative. Les fouilles n'avaient cependant pas été stoppées, ce sont les membres de l'Université qui, une semaine après la fameuse découverte, avaient pris le relai des hommes de Matas ; mais elles s'étaient très rapidement avérées impossibles à poursuivre le sol ayant commencé à geler. Rimantas Jankauskas avait alors annoncé à ses étudiants qu'elles reprendraient au printemps.

Matas avait donc été envoyé avec ses hommes sur un tout autre chantier situé dans le futur quartier des affaires de Snipiskes. Il s'agissait pour son équipe d'effectuer des relevés précis permettant le creusement ultérieur des fondations de la future « Europa Tower » dont les travaux devaient démarrer l'an prochain. Cette tour qui devait culminer à 129 mètres serait une fois terminé le bâtiment le plus élevé des 3 états Balte.

Tout en travaillant, Matas ne pouvait s'empêcher de penser au calque et aux inscriptions énigmatiques qui y étaient transcrites. Cela faisait trois semaines, qu'avec Magda, ils essayaient, après leur travail respectif, de déchiffrer ce qui ressemblait fort désormais à une énigme. Ils avaient bien sûr compris que le texte était écrit en français, mais ne sachant le lire, ni l'un ni l'autre, même aidés par un dictionnaire franco-lituanien, ils s'étaient finalement rendu compte qu'ils tâtonnaient.

Ils avaient également lu, concernant les fouilles, un entrefilet dans la presse locale, rapportant des constatations faites par l'équipe d'anthropologie de l'Université : sans aucun doute, les ossements émanaient de militaires de l'armée Napoléonienne en pleine retraite de Russie.. Ils s'étaient bruyamment réjouis de la chose, car le papier découvert par Matas et apparemment signé de Napoléon avait donc forcément un rapport avec les débris d'ossements découverts dans le charnier.

Mais rien n'y faisait, le document restait pour eux, malgré cette information, totalement indéchiffrable.

Alors Magda, un soir, eût une idée, et, cette idée, comment ne l'avait-elle pas eue plus tôt ?

Il fallait qu'elle se mette en rapport tout de suite avec sa collègue de travail Julia.

-2-
Julia

Julia était française. Il y a 2 ans, elle avait, avec son amie Karine, fait étape à Vilnius après un périple en camping-car de 6 mois qui les avait conduites de Paris à Moscou, via Munich, Vienne, Budapest, Kiev et Minsk puis retour via Smolensk, Vilnius et devait se terminer ensuite par Varsovie et enfin Berlin. Elles étaient parties de Paris en janvier car elles voulaient vivre les sensations du fameux « hiver russe », et passer ensuite l'été dans le nord de manière à vivre par contraste les non moins fameuses journées d'été de 16 heures... Comme, dans le cadre de leur trajet de retour, Vilnius était plus près que Saint-Petersbourg, alors, elles avaient décidé : va pour Vilnius !

Avant Vilnius, elles avaient fait des stops partout, elles avaient visité toutes ces capitales qu'elles n'avaient jusqu'ici approché qu'à travers les livres d'histoires ou les hebdomadaires, avaient campé depuis avril, en pleine nature dans des endroits idylliques, et avaient bien entendu fait la fête avec les garçons de tous les pays traversés.

Julia avait à l'époque 19 ans, c'était une petite jeune femme brune, à la démarche allurée, typiquement française, aux jolis yeux marrons clairs, et la fameuse expression « N'avoir pas froid aux yeux » lui convenait parfaitement ! Elle avait passé de justesse son BAC philo, avait fait ensuite une année complète de stages en entreprise puis enchainé pendant 18 mois des remplacements comme démonstratrice parfumerie aux Galeries Lafayette de Paris et avait fini par économiser suffisamment pour s'offrir avec Karine le voyage de ses rêves.

Après, il serait toujours temps de voir !

Ses parents, avec lesquels elle n'avait jamais pu établir un vrai contact, étaient restaurateurs à Nevers, dans le Centre de la France, et eux, qui n'avaient jamais su manger avec des baguettes et qui faisaient honte à Julia lorsqu'une fois par an ils allaient dîner dans un des restaurants Chinois du centre-ville, avaient pourtant investi il y a 3 ans dans une franchise de bar sushi !...Leur restaurant était proche de la cathédrale et défigurait sauvagement, comme presque tous les autres commerces du centre, ce qui avait été jadis un des fleurons historiques de la France pendant plus de mille ans...

Les parents de Julia ne pensaient qu'à leur tiroir-caisse et du moment que leur fille ne leur demandait pas d'argent, elle pouvait bien vivre sa vie comme elle l'entendait !

Julia avait rencontré Boris le deuxième soir de son arrivée à Vilnius dans une boite de nuit de la rue

Gedimino où la moyenne d'âge ne devait pas dépasser 20 ans. Boris fréquentait ce genre de boite essentiellement dans le but de dénicher des clients à qui il pourrait vendre au détail sa drogue synthétique très prisée des jeunes qui « s'éclataient » avec. La vente en gros rapporte bien sûr beaucoup plus, mais les petits à côtés avaient, pour Boris, toujours du bon.....

Boris aperçut tout de suite Julia accoudée au bar, qui, ce soir-là, était venue seule. Il s'approcha d'elle et commença à la draguer discrètement en Anglais. Comme il la trouvait à son goût et qu'il lui sentait du « potentiel », il opta pour le grand jeu : champagne français pour elle et vodka pour lui. Julia qui était plutôt habituée à la bière et au Coca, sauf pendant les repas où elle se permettait de temps en temps un verre de vin, fût vite grisée au sens propre comme au sens figuré....Le cocktail de danse, musique assourdissante et alcool eût pour conséquence qu'au bout de deux heures, Julia ne savait plus tout à fait où elle était.

Boris ne tenta rien ce soir-là, il la raccompagna dans le camping où elle avait, avec son amie Karine, planté sa tente au pied de leur voiture, les deux filles préférant, comme on était mi-juin, dormir à la belle étoile pour profiter des nuits d'été. Boris confia Julia, complètement ivre à Karine qui avait été réveillée par ses gémissements et promit de venir demander des nouvelles le lendemain. Boris revint bien le lendemain, puis le surlendemain et là, Julia et lui passèrent à l'acte.

Ils se revirent tous les jours et Boris, tous les jours impressionnait un peu plus Julia par l'aisance avec laquelle il dépensait son argent. Il lui acheta un sac Gucci dans la nouvelle boutique qui venait d'ouvrir rue Sv Mikolo, il la sortit tous les soirs, lui fit visiter les environs, l'amena se baigner à Klaipeda, et, quand il eût senti que Julia était sérieusement accrochée, il commença discrètement à lui parler « business ».

Que ferait-elle une fois rentrée à Paris ?

Avait-elle seulement envie de rentrer ?

Aimait-elle dépenser de l'argent ?

Envisageait-elle sa vie avec un salaire modeste ?

Et si lui, Boris, lui proposait de travailler avec lui et de lui faire gagner beaucoup d'argent ?

Rien ne la retenant en France, n'ayant ni boulot, ni petit ami, ni attachement spécial envers sa famille, n'ayant tout bien pesé rien à perdre et étant de toute façon attirée par l'aventure, après en avoir parlé à Karine, Julia accepta la proposition de Boris.

Mais ce que Boris entendait par travailler « avec lui » voulait bien entendu dire travailler « pour lui »... Il lui proposa donc, moyennant de gros revenus à la clé, de la faire travailler comme la majorité de ses autres filles, en qualité d'Escort girl mais uniquement sur rendez-vous, les clients potentiels, majoritairement slaves séjournant à Vilnius pour affaires, raffolant des françaises.

Julia qui n'avait, comme on l'a déjà souligné, pas froid aux yeux, donna son accord pour faire un essai et l'essai fût tout de suite concluant. Elle était maintenant une des meilleures recrues de Boris : c'était la plus âpre au gain de ses filles. Elle ne faisait jamais la moindre fleur à ses clients et exigeait presque toujours des suppléments, souvent justifiés, car Julia était sur les choses du sexe, malgré son très jeune âge, pleine d'inventivité...

-3-
Magda, Julia, Matas

Quand Julia reçut le coup de téléphone de Magda, elle sortait juste de la douche, à peine rentrée d'un voyage de deux jours à Riga ayant accompagné un gros promoteur immobilier qu'elle devait « aider » à finaliser son contrat en s'occupant tout particulièrement de son client.

Tout c'était formidablement bien passé et elle était revenue avec un gros « pourboire » : Boris serait content !

Magda lui demanda au téléphone si elle pouvait faire un saut chez un dénommé Vladas dont elle n'avait jamais entendu parler car elle avait besoin de ses lumières en Français. Julia essaya de s'esquiver après que Magda lui eût donné l'adresse car c'était de l'autre côté de la Néris ; circonstance aggravante, il était déjà 8 heures du soir et le temps était épouvantable, mais comme Magda était presque une amie et en même temps une collègue qui lui refilait souvent des adresses de clients qu'elle refusait de « traiter », finalement, à contre cœur, elle accepta.

Lorsque, une heure plus tard, elle sonna à la porte du dénommé Matas, elle fût accueillie par un grand échalas d'un certain âge à la mine renfrognée qui se présenta en grommelant et la fit tout de suite entrer dans la cuisine où se tenait Magda qui se précipita aussitôt pour l'embrasser.

Assez embarrassés, Matas et Magda demandèrent tout d'abord à Julia de lui jurer de garder le secret le plus absolu sur ce qu'ils allaient lui révéler. Intriguée par cette entrée en matière, mais pleine de curiosité, Julia jura des deux mains et attendit qu'ils s'expriment.

Alors, Matas raconta avec volubilité toute l'histoire, depuis la mise à jour du charnier par son ouvrier Vladas, jusqu'à la découverte du calque qu'il lui déposa en même temps sur la table, juste devant elle. Il lui développa également les avancées des fouilles, la révélation de l'origine des corps par la Faculté et le petit article dans la presse qui relatait tout cela.

Julia avait au fur et à mesure de l'exposé de Matas, écarquillé de plus en plus ses yeux tout en interrogeant Magda du regard pour savoir si elle n'avait pas affaire à un mythomane. Magda la rassura d'un discret clin d'œil et ajouta que Matas et elle essayaient depuis 3 semaines de décrypter le manuscrit mais, que celui-ci étant très certainement écrit en français, ils avaient échoué et elle conclut qu'elle s'en était voulue de n'avoir pas pensé à elle tout de suite.

Julia pensait-elle pouvoir les aider ?

Avant de répondre, Julia examina attentivement le manuscrit qu'elle relut à nouveau à haute voix :

.orogob….. 8 . ov…re ..12

Sa.. con.uit

L. se….. Ang. Bat…. d. 2 reg…..d. dra…. mpé..a.

e.t .. miss… p.. .Emp…..

Napo..éon

Julia était loin d'être sotte, et bien qu'elle n'ait pas poussé très loin ses études, elle avait été assez appliquée au lycée et avait obtenu de bonnes notes au BAC en français, histoire- géo et anglais ce qui lui avait permis d'obtenir la moyenne, étant nulle dans toutes les matières scientifiques. À la lecture des signes inscrits sur le calque une petite idée lui était venue et qui méritait d'être vérifiée. Elle demanda alors à Matas son ordinateur afin de rafraichir sa mémoire d'écolière concernant la retraite de Russie puisque la presse paraissait être sans équivoque sur l'origine des corps retrouvés dans la fosse de Siaurés Miestelis.

Elle alla sur Google, tapa « Itinéraire retraite de Russie + Napoléon » et recopia ensuite sur une feuille l'itinéraire aller-retour de la Grande Armée accompagné des dates des principaux arrêts de la campagne de 1812.

Quand ce fut terminé, elle relut à haute voix ce qu'elle avait écrit :

Itinéraire « Aller » :

- Kovno... 24/6

- Vilnius...5/7

- Vitbesk... 28/7

- **Smolensk... 17/8**

- Borodino ...7/9

- Moscou...14/9 au 19/10

Itinéraire « Retour » :

- Malojaroslavets... 24/10

- **Smolensk...9/16/11**

- Bérezina...25/29/11

- Vilnius...8/9/12

- Kovno... 13/12

Ayant ensuite longuement observé sur internet la carte de cette région de la Russie, Julia en avait intuitivement déduit que *.orogob...* devait vouloir dire **Dorogobouj,** une ville située sur le chemin de la retraite et à deux ou trois jours de marche de Smolensk. Puis, en intégrant les éléments figurant à la suite, elle comprit que cela ne pouvait correspondre qu'à une date du trajet retour.

Donc, Dorogobouj, deux ou trois jours avant l'arrivée à Smolensk entre le 9 et le 16 novembre, cela convenait : le document avait donc probablement été signé par l'Empereur *le 8 novembre 1812.*

Ayant également demandé à parcourir les entrefilets consacrés à la découverte des ossements dans la presse locale, Julia y lut que l'on avait identifié des numéros de régiments de dragon et n'eût de ce fait pas trop de mal à remplir les espaces manquants,

L. se..... Ang. Bat..... d. 2 reg..... d. dra.... .mpé..a.
devait certainement signifier : (Le se.....suivi du prénom et nom que l'on ne pouvait bien entendu pas connaître), **« du 2ème régiment de dragon impérial »,** et en devinant la suite qui paraissait évidente, on obtenait :

Le se....(qui pouvait vouloir dire sergent) Ang. Bat.... du 2ème régiment de dragon impérial est en mission pour l'Empereur.

Signé : **Napoléon.**

Une mission Impériale nécessitant forcément un laisser passer, on pouvait aisément traduire le début du manuscrit : **Sa.. con.uit** voulait tout simplement dire :

Sauf Conduit

Il s'agissait donc d'un sergent de la garde Impériale à qui Napoléon avait confié une mission spéciale nécessitant qu'il soit porteur d'un sauf conduit, donc possiblement apte à sortir du domaine où l'armée sévissait.

L'apport de Julia avait été déterminant. Matas et Magda étaient comblés, concernant le premier papier, tout était maintenant clair.

Mais qu'en était-il maintenant du Plan ?

Devait-on en parler à Julia ?

Magda qui avait admiré les facultés de déduction de Julia aborda le sujet la première et sans même requérir l'assentiment de Matas, sortit, en même temps qu'elle expliquait d'où celui-ci provenait, le calque du plan qu'elle posa délicatement sur la table.

Julia resta silencieuse un moment en fixant attentivement ce calque qu'elle voyait pour la première fois. Après examen, elle ne sût pourtant rien en dire puis, arguant de sa fatigue, annonça au bout de quelques minutes qu'elle souhaitait rentrer chez elle devant travailler tôt le lendemain matin.

Une fois redescendue et montée dans sa voiture, Julia se mit à sourire :

Elle était certaine d'avoir découvert la signification du dessin porté sur le plan.

Elle décida alors, sans aucune hésitation et malgré son serment, d'aller tout de suite tout raconter à Boris.

-4-
Boris

Boris était maintenant devenu un caïd. Il dirigeait une bande de mafieux dans son genre qui intimidaient et estropiaient au besoin les réfractaires et celui-ci avait réussi, sans jamais se faire pincer par la police, à être incontournable dans Vilnius sur le marché de la drogue synthétique, sur la revente très juteuse à l'Est de voitures d'occasion volées en Europe de l'ouest ainsi que sur celui de la prostitution « soft » et haut de gamme, qu'il faisait pratiquer aux quinze filles qui travaillaient maintenant pour lui.

Depuis quelque temps, Boris n'était pas vraiment satisfait du travail de Magda, elle se relâchait ; elle avait refusé, sous prétexte de migraines trois clients ces derniers jours, mais heureusement, elle avait tout de même passé tout son week-end avec le patron d'un gros cabinet d'avocat Biélorusse, un habitué de la filière sexuelle de Boris. De plus, Boris qui avait eu un faible pour elle il y a 2 ans, s'était maintenant complètement détaché et, même s'il arrivait de temps en temps à lui faire croire qu'il tenait toujours à elle, celle qui avait maintenant ses faveurs, c'était Julia, la petite française.

Au début, il avait procédé avec Julia comme avec les autres pour assurer le recrutement : lui lancer ses regards les plus doux, lui faire l'amour à la sauvage, lui promettre beaucoup d'argent et une vie facile. Mais avec Julia, ça avait été très vite différent, il avait senti une fille d'une trempe exceptionnelle, qui n'avait peur de rien, en tous les cas pas de lui, et qui, surtout, l'impressionnait par son intelligence et sa rapidité d'esprit.

Julia était donc devenue petit à petit, mais en toute discrétion pour ne pas rendre les autres filles jalouses, ce qui pourrait nuire à leur « rendement », la confidente attitrée de Boris et sa « créature » préférée.

Pour rien au monde il ne voudrait maintenant qu'elle aille voir ailleurs !

-5-
Boris et Julia

Julia, encore toute excitée, eût la plus grande peine du monde à raconter sereinement à Boris ce qu'elle avait d'abord appris, puis enfin, déduit de sa rencontre avec Matas et Magda en cette fin d'après-midi.

Julia avait identifiée sur la carte que Matas lui avait montrée ce que signifiait le dessin : il représentait les contours d'un lac et ce lac c'était **le lac de Kasplia**, une grande étendue d'eau bordée de forêts à environ 80 kilomètres au nord-ouest de Smolensk en Russie. Elle en était totalement certaine car elle y avait campé avec Karine deux ans auparavant et elles avaient été toutes deux intriguées en observant une carte de la région par la découpe étrange de ce lac.

Sa forme, qui, sur une carte, faisait vraiment penser à un hippocampe, était reconnaissable entre mille, il était tout aussi reconnaissable que ce petit récif du pacifique, situé au large de l'Australie, que l'on voit sur toutes les revues de voyage, et qui, entouré d'une minuscule ceinture de corail dessine dans l'océan un adorable mini lagon en forme de cœur.

Pour Julia, elle en aurait mis sa main au feu maintenant, en mettant bout à bout tous les éléments ayant servi à aboutir à ses déductions, on était sur un gros coup : un sauf conduit signé de Napoléon, une mission confiée à un sergent de la Garde, un plan représentant le lac de Kasplia associé à une croix indiquant un emplacement précis sur ce lac, à l'endroit même où l'on aurait pu imaginer l'emplacement de l'œil de ce « lac hippocampe », plan et croix peut-être même tracés de la main de l'Empereur, tout cela signifiait que ce soldat avait pour mission de cacher quelque chose de précieux dans ce lac, donc, à l'évidence :

Les eaux de ce lac devaient receler un trésor !

Boris qui l'avait écouté de plus en plus attentivement au fur et à mesure du déroulement de son récit, conclût à la justesse de son raisonnement et imagina qu'avec un peu de chance, ce trésor leur tendait les bras....

La tête en ébullition, ils tentèrent ensuite de dormir.

Ils passèrent la journée du lendemain à faire l'amour, à rêver de la fortune qu'ils étaient maintenant certains de découvrir dans les eaux de ce fameux lac, mais également à réfléchir à la conduite à tenir envers Magda et Matas dont Boris avait entendu parler hier pour la 1ère fois. Ils conclurent qu'il ne fallait pas perdre de temps et décidèrent que Julia retournerait les voir ce soir même afin de les sonder discrètement sur leurs intentions, bien entendu, sans révéler quoi que ce soit concernant la signification du dessin.

Julia téléphona aussitôt à Magda et prétextant qu'elle s'était souvenue d'un détail à propos de leur discussion d'hier, elle lui proposa de venir leur en parler dès ce soir. Magda répondit que ça tombait vraiment bien car eux aussi avaient réfléchi depuis hier soir, ils pourraient donc, ensemble, échanger leur réflexions.

Rendez-vous fut pris pour le même soir à 18 heures.

-6-
Matas et Magda

Matas et Magda, après le départ de Julia la veille au soir, avaient cogité toute la nuit et toute la journée du lendemain, Matas étant de repos ce jour là.

Quelle conduite devaient-ils tenir suite à la visite de Julia ?

Ils comprenaient maintenant parfaitement la teneur du sauf conduit et se doutaient bien que le lieu indiqué d'une croix sur la carte indiquaient un endroit où le sergent Ang... Bat... devait, soit aller chercher, soit cacher quelque chose de précieux ; sinon pourquoi une carte et pourquoi une croix sur cette carte ? À cette époque, Napoléon était en pleine retraite, les forces du Tsar à ses trousses, donc, pour qu'il décide de confier, au milieu de la débâcle de ses troupes, une mission spéciale à un de ses fidèles soldats, l'envoyant de plus, prenant en compte la présence du sauf conduit, à l'écart du chemin que suivaient ses armées, il avait du s'agir forcément de quelque chose d'extraordinaire dans les deux sens du terme.

Matas et Magda conclurent que le meilleur moyen, et le moins risqué de profiter de cette découverte, serait d'aller tout raconter à la police, d'expliquer que la curiosité dans un premier temps leur avait fait cacher ce que Matas avait trouvé lors des fouilles, mais que, dès qu'ils avaient compris la portée de l'enjeu, ils avaient décidé de tout dévoiler.

Ils avaient tous deux intégré dans leur raisonnement le fait que les usages internationaux accordent généralement un pourcentage du fruit des trésors retrouvés à celui, celle ou ceux qui ont permis d'initier les recherches. De plus, la presse parlerait forcément abondamment de l'apport décisif de leur découverte et les articles relatant leur implication seraient pour eux un immédiat accès à la notoriété au travers des nombreuses sollicitations des TV, radio et journaux auxquels ils seront fatalement soumis. Ils se voyaient déjà négocier et monnayer en espèces sonnantes et trébuchantes confidences et interviews...

Oui, c'était bien la bonne décision à prendre et dès demain, Matas demanderait un rendez-vous avec le Commissaire de police Jonas Kandzezaukas qu'il avait déjà rencontré sur le chantier lors des fouilles fin octobre et il lui raconterait tout.

L'appel de Julia pour demander un nouveau rendez-vous les surprit quelque peu, mais si elle avait de nouvelles précisions, ce pourrait être tout bénéfice pour eux : plus ils auraient de choses précises à raconter à la police et plus ils pourront monnayer chèrement leur franchise..

CHAPITRE 10
Le froid

Route de Smolensk, les 9-12 novembre 1812,

Encore et toujours le froid !...et la neige qui tombait sans discontinuer et étouffait tout jusqu'à ne même plus entendre l'écho de sa propre souffrance !

En route vers Smolensk, Ange avait commencé par suivre le flot des civils dont la disposition dessinait sur plusieurs lieues une immense file qui sinuait au milieu de la plaine enneigée et semblait n'avoir ni commencement ni fin. Cette file, aussi silencieuse, aussi serrée et aussi lente qu'une colonne de fourmis, cheminait désespérément en tentant sans beaucoup d'espoir d'échapper à la mort.

Ange, le dragon, ressentait bien sûr, comme tous ses compagnons d'armes et d'infortunes cette horreur qui s'abattait sur cette Armée jusque-là invincible, mais en aucun cas, comme la plupart de ses coreligionnaires il n'aurait songé à en accuser l'Empereur, car grâce à lui, ils avaient été gorgés de gloire, ils avaient campés dans les rues de Milan, de Vienne, de Berlin, de Madrid, ils avaient pu, à chaque campagne ramener un butin qui leur avait permis de s'établir, de se marier, quelquefois de s'enrichir, mais surtout ils étaient fiers, fiers d'avoir pu porter si loin la flamme de la liberté et fiers de continuer à partager le destin de ce peuple qui depuis maintenant 15 ans, guidé par l'Empereur Napoléon 1er, semblait dicter sa loi à l'Univers.

Donc Ange, un gros bonnet de fourrure sur la tête enfoncé jusqu'aux oreilles, sa pipe coincée entre ses dents, à cheval sur une de ses deux montures, la bride de la seconde à la main, se dirigeant lentement vers Smolensk, souffrait, endurait, mais ne se plaignait pas....

CHAPITRE 11
Les grands moyens

-1-

Julia, Magda, Matas

Vilnius, les 15-16 novembre 2001,

Avant même que Julia n'ait pu déposer son manteau, Magda lui raconta dans le détail les raisons qui militaient pour que Matas aille demain à la police tout raconter. Il y avait, si l'on trouvait un trésor, à coup sûr, pas mal d'argent à gagner pour eux et évidemment, ils n'oublieraient pas Julia qui les avait tant aidé à y voir clair.

Julia ne montra rien de son trouble et leur dit que l'objet de sa venue était totalement identique à ce qu'elle venait d'entendre, elle voulait également leur suggérer d'aller tout raconter à la police. Elle approuva donc leur future démarche, leur souhaita bonne chance, claqua une bise à Magda, donna une ferme poignée de main à Matas et s'éclipsa.

En marchant jusqu'à sa voiture elle pesta :

— Ils sont complètement tombés sur la tête, aller à la police, la pire des solutions et pour Boris et moi, plus rien à espérer !

Vite, tout raconter à Boris, il saura quoi faire...

-2-

Julia et Boris

Quand Julia eût fait son rapport, le sang de Boris ne fît qu'un tour et sans réfléchir plus il hurla presque :

— Il faut se débarrasser d'eux, et il faut le faire cette nuit, avant qu'ils n'aillent demain tout raconter à la police.

Julia avait déjà anticipé une réaction de cet ordre de la part de Boris, elle le connaissait bien et savait qu'il pouvait être, dans ce genre de situation, adepte de solutions radicales ; elle avait donc, déjà, en son for intérieur, accepté le verdict et sût immédiatement qu'elle ferait tout son possible pour l'assister dans le « passage à l'acte ».

— Je suis avec toi, dit-elle

— Bien, mais il nous faut absolument trouver un moyen radical et également permettant d'éviter tout rapprochement avec nous.

— Pour Matas, j'ai peut-être une idée, ajouta-t-elle. Magda, avec qui je copine un peu, m'a fait récemment des confidences à son propos, elle semble l'apprécier au-delà du travail et m'a révélé que de temps en temps, elle s'inquiétait pour lui, il est très souvent dépressif et broie des idées noires ; une grande partie de sa famille a, parait-il, été exterminée par les nazis et apparemment il ne s'en est jamais vraiment remis. Tout le monde autour de lui a connaissance de son caractère assez sombre.

— Que veux-tu dire par là, questionna Boris ?

— Ce que je veux dire par là ajouta Julia sans aucune émotion dans la voix, c'est que personne ne s'étonnerait dans son entourage si on le retrouvait suicidé chez lui un matin...

Boris resta silencieux, il n'avait pas pensé à ce genre de solution ; décidément, Julia avait de la ressource, et en plus, il lui donnait raison, c'était le moyen idéal, et les concernant, le plus facile à mettre en scène.

— J'adopte ta suggestion, dit-il, et je crois même savoir comment je vais m'y prendre.

— Bon et pour Magda, fit-elle, as-tu une idée ?

— Concernant Magda, je vais demander à Brandon et Titus de s'en occuper, ajouta-t-il.

Brandon et Titus étaient les deux gros bras de Boris et avec eux, on pouvait être certain qu'il n'y aurait pas de traces. Julia eût un petit frisson en entendant Boris prononcer le nom de ces deux hommes qu'elle savait être d'une brutalité inouïe, et également parce qu'elle aimait bien Magda, mais elle acquiesça tout de même d'un petit hochement de tête.

L'enjeu était tel que de petits sacrifices étaient nécessaires...

-3-
Matas et Magda

La sonnerie du téléphone de Magda les réveilla tous les deux. Il était une heure du matin.

Le nom de Julia était s'affiché sur son portable, elle alluma la lampe de chevet et décrocha :

— Allo, dit-elle d'une voix pâteuse,

— Désolée de te réveiller fit Julia, mais je suis en bas de chez toi avec Boris qui est accompagné d'un gros bonnet Finnois avec lequel il vient de traiter une très grosse opération. Boris souhaite que tu descendes et que tu t'occupes de son client pour le reste de la nuit.

Magda pesta, mais connaissant Boris depuis longtemps, elle savait trop bien ce qui l'attendait si elle refusait de s'exécuter, d'autant plus que ces jours derniers, elle avait un peu délaissé le métier pour tenter de déchiffrer le document avec Matas.

— Je m'habille et j'arrive souffla-t-elle dans son téléphone en esquissant une moue de dépit en direction de Matas.

Matas qui connaissait la règle du jeu savait qu'il ne pouvait rien faire. Il ne protesta donc pas. Magda fila dans la salle de bain pour faire un tout petit brin de toilette, s'habilla et retourna vers le lit dire un petit au revoir à Matas. En se quittant, ils décidèrent que Magda téléphonerait à Matas dès qu'elle en aurait fini avec son client afin qu'ils aillent le plus tôt possible le lendemain au commissariat pour mettre en œuvre le plan qu'ils avaient décidé hier soir. Magda prit, comme très souvent, un jeu des clés de l'appartement afin que le premier arrivé demain attende l'autre, puis, elle sortit et Matas se retourna pour dormir.

-4-
Magda, Matas, Boris

Quand Magda arriva dans la rue, elle ne vit ni Julia ni Boris.

Au moment où elle prenait son portable pour appeler Julia, elle ressentit une légère piqure dans le cou ; instinctivement, elle orienta sa main vers l'endroit qui lui paraissait sensible mais avant même que celle-ci n'ait atteint le niveau de son épaule elle sentit ses jambes se dérober sous elle. Magda pensa en une fraction de seconde qu'elle faisait un malaise, elle voulut crier, mais aucun son ne pût sortir de sa bouche et elle perdit connaissance.

Boris, qui était resté caché sous le porche de l'immeuble d'en face, avait observé toute la scène. Titus et Brandon s'étaient, comme d'habitude bien débrouillés. Titus alla tout de suite donner à Boris les clés de l'appartement de Matas qu'il avait trouvé dans le sac de

Magda, puis, aussitôt, aidé de Brandon, ils embarquèrent le corps inerte de Magda dans leur voiture et démarrèrent en trombe tous feux éteints.

Boris savait qu'ils allaient maintenant achever la besogne et connaissant bien ses deux gaillards, il avait l'assurance que l'on ne retrouverait jamais le corps de Magda.

De ce côté-là, on pouvait être tranquille.

Il fallait maintenant s'occuper de Matas, et ça, c'était son affaire !

Boris laissa passer un quart d'heure puis enfila une paire de gants et monta par l'escalier de service vers l'appartement de Matas dont Titus venait de lui passer les clés.

Il arriva au 3ème, trouva aisément la porte de Matas, ouvrit celle-ci aussi silencieusement que possible et entra dans l'appartement. Il n'eût pas de mal à trouver la chambre ou dormait Matas, Julia lui ayant indiqué comment se diriger dans les lieux.

Matas s'était déjà profondément rendormi.

Boris sortit alors un flacon de chloroforme de son blouson, en imbiba largement un large morceau de tissu qu'il avait pris avec lui et le plaqua instantanément sur le nez et la bouche de Matas tout en bloquant avec son genou le reste de son corps en appuyant sur son sternum. Matas, en plein sommeil, totalement surpris, suffoquant, se débâtit à peine, ne cria pas et s'évanouit aussitôt.

Boris transporta alors le corps de Matas dans la salle de bain, puis le glissa dans la baignoire après l'avoir totalement déshabillé. Il déposa ses affaires de nuit sur une chaise, et fit couler un bain. En attendant le remplissage, Boris rangea tout l'appartement, refit le lit encore chaud, fit disparaître toutes les empreintes que

Julia avait pu laisser hier, récupéra les quelques photos dont celle-ci lui avait parlé et où elle figurait avec Magda, se mit à la recherche du parchemin, du calque et du plan qu'il trouva facilement, les trois éléments étant étalés sur le bureau de la chambre, puis retourna dans la salle de bain.

La baignoire était maintenant pleine, Matas était toujours endormi, sa tête, penchée sur le côté reposait calmement sur le rebord de la baignoire. Boris sortit alors de son portefeuille une petite lame de rasoir, prit le bras droit de Matas, le trempa dans l'eau et, d'un geste sûr, lui trancha les veines au niveau du poignet. Comme Matas avait sursauté et que Boris avait craint qu'il ne se réveille, il lui fit à nouveau une compresse de chloroforme et ce fût fini.

Une demi-heure plus tard, la baignoire était totalement rouge et Boris pût constater que le pouls de Matas ne battait plus.

Alors, après avoir laissé choir la lame de rasoir dans la baignoire et refait une dernière inspection générale, il sortit de l'appartement en laissant quelques lumières allumées, referma très doucement la porte avec la clé, retrouva la rue, alluma une cigarette et rejoignit tranquillement sa voiture où l'attendait Julia.

CHAPITRE 12
Le lac de Kasplia

-1-

Smolensk

De Smolensk au Lac, les 13-17 novembre 1812

L'arrivée à Smolensk tant désirée avait été pour tous une totale désillusion. Il n'y avait pratiquement plus rien, la ville ne s'était pas remise de sa destruction trois mois auparavant et les quelques vivres restantes avaient été immédiatement pillées par les premiers arrivés.

Inutile de dire que lorsque Ange entra dans la ville avec les retardataires, les blessés et les civils, il ne restait absolument plus rien. La détresse était totale chez tous, mais Ange qui avait lui, heureusement encore de quoi se nourrir, se sustenta, comme tous les autres jours très discrètement et à l'abri des regards. Dans l'état de famine dans lequel se trouvaient la plupart, tuer pour manger n'était plus depuis longtemps considéré comme sacrilège...

Ange ne resta pas un seul jour à Smolensk pour se reposer repartit aussitôt vers le nord-ouest. Il devait, comme lui avait chuchoté l'Empereur à l'oreille, faire encore environ 15 lieues après Smolensk et, une fois arrivé au lac, mission accomplie, retourner au sud pour rejoindre l'armée à Orcha. Il avait trois à quatre jours devant lui car il savait que Napoléon ferait effectuer à son armée, et ce, quelles que soient les conditions, une halte à Smolensk de cette même durée afin que celle-ci reprenne quelques forces.

Ange enfourcha alors un de ses deux chevaux et se mit en route sous la bourrasque vers le lac.

-2-
Le lac

Heureusement la région que devait traverser Ange pour arriver au lac était sauvage, elle était, à priori, en dehors de toute activité militaire et des patrouilles de l'armée du Tsar.

Ange n'aurait donc, dans son dur périple vers le lac, à combattre qu'un seul ennemi : le froid !

Il dut cependant, au départ de Smolensk, se cacher une journée entière dans une isba abandonnée pour éviter les Cosaques qui suivaient les milliers de « retraités » en cheminant parallèlement et qui profitaient de la moindre erreur de tout attardé ou égaré pour le poursuivre, le combattre et l'achever.

Puis Ange se remit en route. Napoléon lui avait indiqué où était le lac, et surtout l'endroit exact du lac où il voulait qu'Ange s'acquitte de sa tâche.

Après avoir chevauché deux jours entiers dans la neige et le blizzard et dormi comme toujours blotti entre ses deux chevaux, Ange, vers l'heure de midi du troisième jour, la poitrine oppressée, à demi suffoqué par le froid, fût enfin en vue du lac. N'apercevant aucun Cosaque à l'horizon, il mit pied à terre et s'approcha précautionneusement de la rive en se dirigeant vers l'endroit indiqué sur la carte par une croix.

Il se rendit compte alors que le lac était totalement gelé. Les informations que l'on avait donné à l'Empereur sur l'état de l'eau dataient probablement de la semaine passée, or, depuis ces derniers jours, un froid terrible et précoce s'était emparé de la Russie et avait provoqué un gel immédiat de tout ce qui était surface liquide.

Ange jura et comprit que la tâche serait plus difficile, mais surtout plus longue que ce qu'il avait prévu et qu'il devait en conséquence s'y mettre tout de suite car les journées n'étant que de 9 heures à cette époque de l'année, il ne pouvait risquer de rester une journée de plus sur les lieux.

Ange remonta alors péniblement la berge, se dirigea vers ses chevaux attachés en surplomb à un arbre, sortit d'un sac une grosse pelle et une pioche, outils que lui avait fournis Roustam, détacha la longue baïonnette de son fusil, redescendit vers la rive en se dirigeant vers l'endroit prévu et se mit immédiatement à attaquer la glace.

CHAPITRE 13
Le suicidé

-1-

Jonas

Vilnius, les 18-21 novembre 2001,

Depuis le début du mois de novembre, Jonas n'avait qu'une seule priorité : mettre la main sur le tueur de chien à la Triumph. Après avoir réfléchi avec son équipe sur les motivations possibles du tueur canin, Jonas s'était finalement arrêté sur un profil probable tant il semblait évident qu'à l'exception d'actes d'un fou, ces meurtres possédaient toutes les caractéristiques d'une vengeance. Si l'on suivait ce raisonnement, l'individu en question ou l'un de ses proches avait donc certainement eu, relativement récemment, maille à partir avec un chien. Jonas avait donc demandé à Andrius qu'il fasse organiser des recherches dans les différents commissariats et hôpitaux du pays afin de vérifier si, dans les 6 derniers mois, une déclaration avait été faite ou des soins avaient été donnés à quelqu'un, suite à une morsure de chien.

Ils avaient pour l'instant délaissé la piste de la Triumph, Tiger, car les multiples versions de cette moto, dont les premiers modèles dataient de 1938, associées à la courbe exponentielle des transactions sur internet des fans de la marque rendait pour ainsi dire impossible sans une très longue et très couteuse recherche l'établissement d'un listing des possesseurs lituaniens de cet engin.

Ce matin là, Andrius était venu lui annoncer que sur la ville de Vilnius aucune admission à l'hôpital n'avait été signalée concernant une morsure de chien et que l'enquête auprès des différents commissariats n'avait pour l'instant rien donné, mais il restait encore des centaines de lignes des différentes mains courantes à éplucher. Par contre, son collègue de Kaunas venait de le contacter pour l'informer du décès il y a 18 mois à l'hôpital universitaire de sa ville d'une petite fille de 3 ans qui avait été mortellement mordue par un doberman en liberté dans les allées du Kaunas Réservoir régional Park.

Le chien avait bien entendu été tout de suite abattu ; quant à son propriétaire, un industriel biélorusse en voyage d'affaire et qui avait fait le trajet depuis Minsk en voiture avec son chien, il avait été très rapidement extradé vers son pays et vient seulement d'être jugé par contumace il y a 4 mois : il n'a finalement écopé que d'une peine de 6 mois de prison avec sursis.

Jonas et Andrius avaient vite fait les recoupements nécessaires : jugement clément il y a 4 mois et démarrage des exécutions de chiens il y a 3 mois...

Au moment même où Jonas allait demander à Andrius des précisions sur l'identité des parents de la petite fille, le téléphone de Jonas sonna : à l'autre bout du fil, Dilis Berzins, le Directeur de l'entreprise qui s'occupait du chantier de Siaures Miestelis. Celui-ci lui faisait part de son inquiétude étant sans nouvelles de son contremaître Matas Horowitz, absent de son travail depuis 3 jours sans aucun motif et sans avoir donné la moindre nouvelle.

Pour Dilis Berzins c'était extrêmement étrange car Matas était la rigueur même et à sa connaissance, il n'avait jamais manqué un seul jour depuis qu'il avait été embauché il y a 10 ans. De plus, il ne répondait ni sur son portable, ni sur son téléphone fixe. Un collègue avait même été sonner chez lui sans plus de résultat. Dilis Berzins demandait donc à Jonas de bien vouloir envoyer quelqu'un chez lui afin de voir s'il n'était pas arrivé quelque chose de fâcheux à son collaborateur...

Jonas jura tout d'abord, mais son instinct de bon flic lui susurrant qu'il ne fallait pas prendre cette information à la légère, il promit à Dilis Berzins d'aller y faire un saut dès que possible.

Après avoir rapidement donné à ses troupes les instructions nécessaires concernant la recherche d'identification des parents de la petite victime du doberman, le recensement de leurs véhicules motorisés, et enfin la vérification de leur emploi du temps lors des 10 ou 11 assassinats de chiens depuis août dernier, Jonas décida d'aller, accompagné d'Andrius, faire un tour chez le sieur Horowitz dont Dilis Berzins lui avait communiqué l'adresse au téléphone.

Jonas et Andrius arrivèrent sur les lieux trois quart d'heure plus tard et sonnèrent à la porte de Matas sans résultat. Sur un signe de son chef, Andrius prit son passe et crocheta la serrure en un clin d'œil. Une fois rentrés et après avoir refermé la porte derrière eux, la première chose qu'ils perçurent, ce fût l'odeur, l'odeur de la mort, cette odeur acre et fade, si caractéristique que tout policier qui y a été confronté une seule fois dans sa carrière la décèle ensuite instantanément... Ils n'eurent aucun mal à suivre le sillage mortel qui les conduisit devant la porte fermée de la salle de bains. Une petite pointe d'angoisse au cœur, Jonas fit jouer doucement la poignée et, la porte étant ouverte, ils découvrirent alors ensemble le corps sans vie de Matas Horowitz...

Le cadavre, entièrement vidé de son sang était totalement livide, boursoufflé, gonflé, craquelé et contrastait affreusement avec l'eau du bain qui, elle, était entièrement rouge. Les excréments qui flottaient également à la surface obligèrent Jonas et Andrius à sortir chacun un mouchoir pour se protéger de l'infection olfactive. Par contraste, la figure de Matas, bien qu'encore plus blanche que le reste de son corps, ne reflétait en rien l'horreur de la scène, ses traits étaient calmes et reposés, en fait, Matas semblait dormir.

Jonas se retira dans la chambre et téléphona immédiatement au Central pour que l'on envoie une équipe en urgence afin d'effectuer les constatations de routine, qu'ils enlèvent le corps et fassent pratiquer une autopsie comme il est toujours de règle dans les cas de suicide, hélàs si nombreux en Lituanie.

Jonas, une fois ses collègues arrivés, leur demanda également de prendre des photos de la salle de bain avant que l'on ne retire le corps de la baignoire ainsi que des autres pièces de l'appartement puis de lui faire porter tous les tirages à son bureau dans l'après-midi.

Jonas et Andrius quittèrent ensuite les lieux et s'engouffrèrent dans la Skoda de Jonas en direction de la Centrale.

Pendant le trajet, Jonas était pensif : Il ne savait pas encore quoi, mais il sentait que quelque chose clochait dans le spectacle de ce suicidé. Il se dit qu'il lui faudrait attendre les tirages des clichés pris dans l'appartement et les résultats de l'autopsie pour confirmer ou infirmer ce vague pressentiment.

-2-
Solène
21 novembre

De retour à Paris, Solène était à la fois excitée et perplexe de ce qu'elle avait réussi à tirer des registres d'Ajaccio. En effet, ce n'était pas rien : Ange Battisti avait bel et bien existé, il était bien Corse et natif d'Ajaccio, il s'était marié à 22 ans, n'avait pas eu d'enfants avec Luisa Bonfante et était depuis porté disparu, très probablement en Russie en 1812...

Mais maintenant, que faire avec les infos qu'elle avait recueillie ?

Comment avancer ?

Solène conclût, après réflexion, qu'elle était bel et bien dans une impasse...

Deux questions, qui, à priori restaient sans réponses la taraudaient :

« Quelle sorte de mission secrète Napoléon avait-il bien pu confier en pleine retraite de Russie à un sergent de sa garde ?

Et surtout, par quel détour incroyable de l'Histoire, le Codicille secret que l'Empereur avait confié au Comte de Montholon avait-t-il pu atterrir dans un recoin de son propre corbillard ? »

La seule personne qui aurait pu, à l'époque, tirer cette affaire au clair, le Cardinal Joseph Fesch à qui le codicille secret était destiné n'en avait jamais pris connaissance.

La mission dont Ange Battisti devait lui rendre compte est donc restée ignorée de tous...

Assez mal à l'aise, Solène finit par se convaincre que puisque toutes les pistes permettant d'aller plus avant dans l'enquête qu'elle avait initiée semblaient désormais fermées, elle devait maintenant en parler à « Maitre Jacques ». Oui, il fallait maintenant qu'elle se confie et qu'elle lui raconte tout, garder plus longtemps pour elle sa découverte, qui de toute façon, ne pouvait aboutir à rien de plus que ce qu'elle avait déniché, était trop dangereux à la fois sur le plan éthique, mais également pour la poursuite de sa jeune carrière... Elle se décida donc à aller le trouver, mais, comme l'exercice s'annonçait difficile, pas avant d'avoir pris quelques forces en mangeant un petit quelque chose. Elle alla donc dans la cuisinette attenante à son bureau faire chauffer au micro-ondes une petite « gamelle » de reste de risotto aux champignons que sa mère, à qui elle avait rendu visite la veille, lui avait préparée, prît une demie bouteille de Badoit dans le frigo, retourna s'assoir à son bureau, s'empara du Figaro du jour posé sur sa table et commença sa dinette, la tête un peu ailleurs...

À ce moment-là un « gling » caractéristique se fit entendre sur son ordinateur lui signalant l'arrivée d'un message.

Machinalement, elle ouvrit sa boite mail et ce qu'elle lût sur l'écran de son Mac lui instilla instantanément une bouffée de chaleur qui l'étourdit presque. Le message émanait du site

« nap-news.fr » spécialisé dans la publication immédiate de toutes les nouvelles informations récentes recueillies à propos de Napoléon.

L'article disait ceci :

« Des correspondants Lituaniens nous ont rapporté qu'il a été découvert dans un quartier du nord de Vilnius en octobre de cette année un charnier de plusieurs milliers de squelettes. Les ouvriers ont pu isoler au milieu des débris d'ossements et encore attachés à des lambeaux de vêtements, quelques boutons d'uniformes portant des numéros de régiment ainsi qu'un Aigle Impérial, ce qui ne laisse planer aucun doute sur le fait qu'il s'agirait de représentants de la Grande Armée de Napoléon, morts dans la capitale Lituanienne au cours de la terrible retraite de Russie de 1812.

Le professeur Rimantas Jankauskas, professeur d'Anthropologie à l'Université de Vilnius assure la coordination des fouilles.

La forte résonnance historique de l'événement a fait que l'Ambassadeur de France s'est déplacé sur les lieux pour déposer une couronne sur ce qui apparaissait comme un

monticule de sable, duquel émergeaient quelques fragments d'ossements éparpillés par la pelleteuse.

Compte tenu de la période de gel, les fouilles sont à présent interrompues et ne reprendront que mi-mars ou début d'avril de l'année prochaine. »

Le sang de Solène ne fît qu'un tour !

Et si Ange Battisti faisait partie des victimes retrouvées dans ce charnier, la coïncidence ne serait-elle pas incroyable ?

Cependant, ce nouvel éclairage sur le lieu et l'époque de sa disparition, ne donnait pas de clé sur l'objet de la Mission que lui avait confié l'Empereur !

Remobilisée intellectuellement, Solène, après avoir jeté à la poubelle les restes de son risotto, décida d'oublier pour l'instant « Maître Jacques », en tous les cas jusqu'à ce qu'elle ait, au minimum, pu entrer en contact avec ce Professeur Rimantas Jankauskas. Il fallait absolument qu'elle le questionne sur une possible identification de soldats du 2ème dragon dans les ossements retrouvés.

Après avoir validé le décalage horaire de + 1 heure entre la France et la Lituanie, et trouvé le numéro de téléphone de l'Université de Vilnius, elle composa, sans plus attendre, sur son portable les chiffres indiqués. S'exprimant en anglais, Solène finit par convaincre la standardiste de lui passer un responsable de la chaire d'anthropologie. Quelques minutes d'attente plus tard, Solène fût mise en relation avec un certain professeur Tadas Kalanta qui se présenta comme l'assistant de Rimantas Jankauskas.

Après avoir, elle-même, décliné son identité et expliqué que dans le cadre de ses responsabilités au Musée de la Malmaison, tout ce qui touchait à l'Empereur

Napoléon et à la Grande Armée la concernait, elle demanda à Tadas si, par hasard, des indices auraient été retrouvés permettant d'associer des restes de soldats avec le 2ème régiment de dragon de la Garde. Celui-ci lui répondit qu'il n'en savait rien encore, les fouilles ayant été interrompues par le gel, mais ajouta en éclatant d'un petit rire que décidément ces fouilles avaient généré bien du questionnement puisqu'un commissaire de Police de Vilnius l'avait interrogé sur ce sujet pas plus tard que ce matin ; il désirait être éclairé sur la nationalité d'un soldat de la Grande Armée de Napoléon qui aurait porté le nom d'Ange Battisti ?

À l'énoncé de ce nom, Solène, à l'autre bout du fil, était restée sans voix.

Avant que celle-ci, revenue de sa surprise, n'ait pu intervenir, Tadas Kalenta continua en disant que cela avait été pour lui un jeu d'enfant de lui donner l'information qu'il désirait, ayant passé plusieurs semaines en Corse l'été dernier sur un chantier de fouilles.

Il avait donc répondu sans hésitation au commissaire que pour lui, Ange Battisti était un nom 100% Corse.

Solène demanda nonchalamment à Tadas le nom du commissaire de police en question, et, l'ayant obtenu et noté, elle raccrocha en se confondant en remerciements.

Cet incroyable concours de circonstances avait littéralement abasourdi Solène !

Dans la foulée, elle chercha, trouva et composa le numéro de téléphone du commissaire Jonas Kandzezaukas...

CHAPITRE 14
La cachette

Ile de Sainte-Hélène, le dimanche 27 avril 1821,

Son épouse Albine étant rentrée en France depuis bientôt deux ans, Le Comte Charles

Tristan de Montholon allongé sur son sofa, demeurait seul avec ses pensées.

Il était sorti troublé de chez l'Empereur mourant.

Que faire de ce pli ?

Le cacher sur soi, l'Empereur l'avait interdit.

Mais où le cacher sur cette maudite île où tous ceux qui composaient la suite de l'Empereur étaient espionnés du matin au soir, Hudson Lowe employant des ruses de plus en plus diaboliques pour éviter ce que, dans sa paranoïa, il redoutait le plus, la fuite de Napoléon ?

Le cacher dans un endroit sûr et facile à récupérer afin de le ramener en France lorsque tout serait fini ?

Oui, mais où, où, où ?

Il tenta alors d'imaginer l'avenir proche : ayant posé comme un fait acquis que L'Empereur n'avait plus que quelques jours à vivre, il se mit à imaginer les « étapes obligées » qui suivraient l'inéluctable décès : la toilette, l'autopsie, le transport du corps vers sa dernière demeure, et finalement l'enterrement. Le corps de l'Empereur serait hélas enterré à Sainte-Hélène et y resterait, il n'était pas question pour les anglais de le faire rapatrier en France ; mais quels pourraient être les objets ou meubles qui, lui appartenant, pourraient repartir vers la France sans éveiller le soupçon des Anglais ?

Après passage en revue des différentes possibilités, Il opta pour la petite calèche, désormais vétuste ayant servi à Madame la Maréchale Bertrand pour ses promenades et que l'Empereur s'était ensuite appropriée pour le même usage jusqu'à ces derniers mois.

Montholon avait appris par des indiscrétions, que cette même calèche serait transformée le moment venu en « char funèbre » de l'Empereur. Qui voudrait confisquer cette vilaine voiture et qui pourrait s'opposer à ce que le char funèbre de Napoléon reparte en France ?

Mais il fallait y trouver une cachette sure, cachette qui permettrait également de conserver le pli à l'abri des intempéries générées par un long voyage en mer et à fond de cale avant son arrivée en France.

Il fouilla alors machinalement dans ses effets sans beaucoup de résultats jusqu'à ce que, soudain, il lui vinsse une idée, il se dirigea alors vers l'entrée de sa maison, alla vers le guéridon qui recueillait d'ordinaire les objets dont on se débarrasse habituellement en entrant chez soi, y prit un court et étroit tube en cuivre qui lui servait pour conserver un peu de poudre lorsqu'il allait chasser, le vida de son contenu, dévissa la partie haute et revint dans le salon. Alors, il sortit le petit pli de l'Empereur qu'il avait logé dans la poche intérieure de sa vareuse, le roula le plus étroitement et le plus serré possible puis le glissa délicatement dans le tube jusqu'à sa totale absorption par l'objet métallique, et revissa enfin fermement les deux parties de l'ustensile..

Encouragé par sa trouvaille de cachette, il décida d'en finir cette nuit en profitant de la pluie qui tombait avec une violence telle qu'elle découragerait à l'évidence toute ronde nocturne. Montholon sortit alors de chez lui, se dirigea vers la cabane du jardinier de Longwood, y emprunta une « tarière » assortie d'une grosse mèche à bois de 2 cm de diamètre, vérifia à nouveau que la voie était libre et obliqua en silence vers l'écurie où était garée la calèche.

Une fois entré, il alluma discrètement la lanterne qui était toujours au même endroit dans l'écurie et entreprit de tourner autour de la calèche pour tenter de déceler le meilleur emplacement.

Il se décida pour un endroit qu'il considéra comme étant le plus sûr pour y creuser sa cachette : le petit débordement de bois situé juste derrière le siège du conducteur.

Il nettoya alors soigneusement la partie du bois qu'il avait choisie, fit un trou avec son outil sur une profondeur de 20cm, souffla doucement pour retirer les éclats et introduisit religieusement le tube en cuivre dans l'orifice qu'il avait percé. Montholon ayant vérifié à nouveau que le tube était confortablement logé, puis referma pour finir le petit trou avec un mélange de colle à bois et de futée, sorte de pâte mastic confectionnée avec du blanc d'Espagne et de l'ocre jaune détrempé à l'huile de lin.

L'ouverture, étant désormais masquée, il repassa un petit coup de chiffon pour un dernier nettoyage et admira son travail.

Il repartit alors, tout aussi discrètement qu'il était venu, toujours sous une pluie battante, vers son logis, se retira immédiatement dans sa chambre, ôta prestement sa vareuse et ses bottes, s'écroula littéralement sur son lit et s'endormit aussitôt.

Les journées à venir seraient forcément très difficiles à supporter !

CHAPITRE 15
L'enquête

Vilnius, les 20-25 novembre 2001,

Jonas était rentré immédiatement au poste Central. Il avait demandé sur le pas de la porte de son bureau qu'on lui trouve le plus vite possible les coordonnées des membres de la famille de Matas Horowitz afin qu'il leur annonce lui-même, avec tous les ménagements habituels, la pénible nouvelle.

Une fois assis à son bureau et après s'être fait couler un café à la machine qui trônait dans le couloir face aux toilettes pour hommes, il appela au téléphone Dilis Berzins afin de lui faire part de la découverte du corps sans vie de Matas. Pour les besoins de l'enquête, il ne fit pas part de son trouble à Dilis et resta sur la thèse du suicide. Dilis resta un instant sans voix à cette annonce, Matas était un de ses plus proches collaborateurs depuis déjà plus de 10 ans et il l'estimait beaucoup, cependant, une fois le choc de la nouvelle encaissé, il souligna à Jonas qu'il n'était pas plus étonné que cela que Matas ait fini par mettre fin à ses jours. C'était un caractère sombre, il n'avait jamais vraiment fait le deuil des atrocités que les nazis avaient fait subir à sa famille et il était d'une manière générale, profondément pessimiste. D'après Dilis, depuis que ses enfants étaient partis à l'étranger et qu'il avait divorcé, il était devenu encore plus sauvage et renfermé et se réfugiait, en dehors de son travail dans le jeu, l'alcool et avait-il entendu dire, les prostituées.

Jonas nota tous ces détails, puis reprit la routine de son travail, attendant le retour d'Andrius et de ses hommes avec, il l'espérait, les clichés de l'appartement, du corps de la victime et de l'intérieur de la salle de bain.

Deux heures plus tard, les différentes photos étaient arrivées. Jonas, après les avoir classées, les agrafa alors une à une sur un grand tableau vierge situé en face de son bureau, prit une chaise qu'il plaça pile devant le tableau et se mit à les examiner attentivement.

Il y avait 3 groupes de photos, un premier groupe montrait le corps de Matas avec plusieurs gros plans de son visage ainsi que de la baignoire prise sous différents angles. Le deuxième groupe de photos illustrait des vues de la chambre à coucher et le troisième, des clichés de la cuisine.

— Oui, se dit Jonas, après avoir longuement médité devant le tableau recouvert des éléments photographiques de la scène ainsi que de l'appartement, c'est bien ça, quelque chose cloche !

Plusieurs détails lui semblaient troublants : ils n'avaient pas leur place dans la scène de suicide qu'il avait découvert...

Jonas avait immédiatement été intrigué par l'apparente sérénité dégagée par le visage du suicidé. Si Matas s'était donné la mort en se coupant lui-même les veines du poignet dans sa baignoire, ce qui est une méthode déjà bien éprouvée, les expressions qui seraient restées figées dans la mort sur son visage n'auraient elles pas du être beaucoup plus tourmentées ?

D'autre part, dans les cas de suicides en baignoire que Jonas avait étudié à l'école de Police, il était fréquent que les murs de la baignoire soient le plus souvent éclaboussés de sang car la victime, bien que suicidaire, ne peut dans ses derniers moments s'empêcher de se débattre et lutte le plus souvent durement avec elle-même pour s'inciter à aller jusqu'au bout...

Or là, rien de tout cela, une salle de bain totalement propre, pas une goutte de sang en dehors de la baignoire et un mort qui semblait avoir subi passivement, sans bouger le moins du monde, l'exsanguination qu'il s'était lui-même donnée.

Tout ceci ressemblait fort, pensa Jonas, à un crime maquillé en suicide...

Il rappela Andrius et lui fit part de ses constatations suite à l'examen des photos.

Andrius qui avait ressenti le même malaise à la vue du corps de Matas mais qui n'en avait encore rien dit à son chef, abonda dans le sens de Jonas et rajouta même qu'il avait trouvé totalement étrange le violent contraste qui se dégageait entre l'état de la chambre à coucher et celui de la pièce à vivre, c'est-à-dire de la cuisine. Dans la chambre, un ordre parfait : absence totale de ce qui témoigne d'habitude d'un semblant de vie privée, comme photos, papiers étalés ou courriers. Dans le cas présent, rien de tout cela : un lit fait au carré, une couette pliée, les vêtements de nuit du défunt parfaitement posés sur une chaise et, apparemment, aucun mot d'explications laissé par le suicidé pour expliquer son geste. À l'opposé, dans la cuisine, un grand désordre régnait : vaisselle pas faite, restes de repas desséchés collés dans des assiettes posées encore sur la table, plusieurs verres de différentes tailles en vrac dans l'évier, etc..

Ce qu'avait rajouté Andrius venait conforter la première intuition de Jonas, que tous deux partageaient désormais : on n'avait jamais vu quelqu'un se suicider en laissant tout dans un total désordre dans une pièce et tout dans un ordre parfait dans l'autre .

Personne, même au seuil de la mort n'est schizophrène à ce point !

Jonas pensa qu'il faudrait sans tarder envoyer quelqu'un pour relever et analyser les empreintes que l'on pourrait trouver dans l'appartement, car, ne serait-ce qu'en prenant en compte le grand nombre de verres vides laissés par Matas dans la cuisine, celui-ci avait certainement eu de la visite ces derniers jours...

Jonas demanda également à Andrius de partir sans tarder faire une fouille complète de l'appartement, peut-être y aurait-il quelque chose d'intéressant à dénicher ?

S'il y avait eu crime, ce qui devenait maintenant à ses yeux hautement probable, il serait bien incroyable que l'on ne retrouve pas au moins un indice exploitable sur les lieux...

-2-
Jonas
Mardi 20 novembre (suite)

Andrius revint vers 4 heures un étrange petit sourire au coin des lèvres. Il s'assit en face de Jonas, et, à la grande surprise de celui-ci, enfila sans dire un mot une paire de gants en latex et sortit d'une pochette en plastique qu'il tenait à la main, deux petits feuillets. Le premier était un tout petit bout de papier probablement déchiré d'un bloc-notes et sur lequel avait été écrit au stylo bille très lisiblement et en les plaçant l'un sous l'autre, 5 mots en lituanien dont le 3ème était précédé par un chiffre :

Ange Battisti

kareivis

2.dragonas

Napoleonas

Le deuxième feuillet était un papier calque sur lequel était dessiné une forme oblongue à l'extrémité de laquelle une croix avait été marquée ainsi qu'une flèche probablement pour indiquer l'orientation à prendre pour aller vers l'endroit marqué par la croix.

— Superbe, lui lança Jonas en avançant encore plus sa tête afin qu'elle soit carrément en surplomb des deux feuillets, mais où as-tu donc été dénicher cela ?

— Dans sa chaussure, répliqua Andrius, ces deux papiers étaient glissés à l'intérieur d'une des chaussures de Matas Horowitz, sous la semelle intérieure du pied droit.

— Fantastique, fit Jonas, nous sommes désormais sûrs que ce Matas cachait quelque chose de suffisamment important pour que ce quelque chose ait probablement justifié son assassinat.

Andrius ajouta que les mots trouvés sur le premier petit bout de papier lui semblaient tous quatre avoir une cohérence entre eux.

— Tu as raison, réplique Jonas qui ne voulait pas être à la remorque de son adjoint concernant sa capacité de déduction, tous ces mots se tiennent et on peut très bien lire en les mettant bout à bout et si l'on suppose que Ange Battisti, est un nom propre :

Ange Battisti soldat du 2ème dragon de Napoléon.

— Nous voilà donc revenu aux fouilles de Siaures Miestelis, conclut Jonas, d'une voix forte, ayant effectué le recoupement entre la présence de Matas le jour de la découverte du charnier et le communiqué de presse relatant la probable origine des ossements !

Jonas éprouva alors le besoin d'interviewer le plus vite possible le professeur Rimantas Jankauskas pour tenter d'en savoir éventuellement plus sur cet Ange Battisti, et éventuellement sur son origine car, on le savait, vingt nationalités différentes avaient composé les régiments de la Grande Armée de Napoléon en 1812....

On avait appris par la presse qu'avant d'arrêter momentanément les fouilles, l'équipe de chercheurs avait découvert un certain nombre d'indices. Peut-être y aurait-il quelque chose à « pêcher » pour l'enquête ?

Jonas demanda qu'on le mette en contact avec le professeur Jankauskas dans le but de fixer avec lui un rendez-vous à l'Université.

Un des policiers revint au bout de dix minutes en lui annonçant que le professeur Jankauskas était absent pendant 2 jours mais qu'un de ses adjoints, le Professeur Tadas Kalanta pourrait les recevoir demain matin à 8 heures précises, juste avant son cours.

Jonas, qui avait déjà rencontré Tadas Kalenta le jour de la découverte des premiers ossements enregistra l'heure du rendez-vous et se dit que dans ce cas, il faudrait qu'il fasse trottiner Kasha dans le parc un peu avant l'heure habituelle.

— Et la signification du calque, interrompit Andrius, qu'en penses-tu ?

— À ce stade, rien du tout, répliqua Jonas : que peut bien représenter cette forme qui ressemble à une sorte d'hippocampe ?

— Forcément un lieu, répondit Andrius, puisqu'il y a une croix et une flèche pour indiquer la direction à prendre.

— Nécessairement, dit Jonas, mais quel genre de lieu : plaine, montagne, île au milieu de l'océan, lac ?

— Je crois que l'on peut exclure ville ou village, dit Andrius, sans cela la forme serait différente, plus régulière.

— Je ne suis pas totalement convaincu par l'argument, fit Jonas, ce dessin est la transcription d'un endroit que son auteur a voulu garder secret, il a pu vouloir brouiller les pistes, sauf, bien entendu pour celui qui devait s'y rendre...

— Mais pour y faire quoi, questionna Andrius ?

— Pour l'instant mystère, soupira Jonas, tout en se calant dans le fond de son fauteuil.

— Bon, attendons demain, rajouta Jonas et dormons là dessus, la nuit portera peut-être conseil. En tous les cas, demain matin, lorsque nous rencontrerons Tadas Kalanta, ne parlons pas du calque, c'est encore trop imprécis et trop tôt.

— À demain donc, à 8 heures moins 10 devant l'Université, lui lança Andrius avec un petit sourire en quittant son bureau.

Jonas resté seul, s'interrogea : qui pouvait bien posséder aujourd'hui l'original du calque ? Forcément le ou les assassins de Matas, mais qui pouvaient-ils bien être, et qu'est ce qui se cachait derrière ce calque et derrière cet Ange Battisti, dragon de Napoléon et surtout, quelles raisons avaient pu justifier un assassinat aussi sophistiqué ?

Il ne sut pas répondre en l'état à toutes ces questions mais il se dit avant de sortir Kasha pour sa promenade du soir, que, décidément, cette affaire était en train de prendre un tour bien mystérieux !

Il espérait bien que demain il y verrait plus clair !

-3-
Jonas
Mercredi 21 novembre

Huit heures sonnaient à la grande pendule de l'Université quand Tadas Kalanta introduisit Jonas et Andrius dans son bureau.

La question de Jonas fût directe et simple :

— Professeur, demanda-t-il, par un concours de circonstances dont je ne peux pas aujourd'hui vous révéler l'origine, je crois savoir qu'un des soldats dont les ossements gisent dans le charnier de Siauries Miestelis a pour nom Ange Battisti et qu'il aurait appartenu au 2ème régiment de dragon de la Garde de Napoléon ; j'aimerai savoir si vous avez pu déceler avant l'arrêt des fouilles quelque indice permettant d'accréditer ce que je viens de vous dire ?

Le Professeur ne réfléchit pas longtemps et donna aussitôt à Jonas réponse à son questionnement :

— Concernant l'appartenance de ce soldat au 2ème régiment de Dragon, il est encore trop tôt pour vous répondre, nous n'avons pas encore fini les investigations sur les inscriptions et numéros des régiments retrouvés sur les morceaux de tissus que nous avons pu mettre à jour avant l'arrêt des fouilles. Nous avons décidé, pour accélérer cette besogne, de nous mettre en contact avec nos collègues Français qui devraient nous aider dès le printemps prochain à y voir plus clair.

Par contre concernant votre dénommé Ange Battisti, je puis vous assurer avant même que vous m'ayez posé la question que c'est un nom d'origine Corse, comme l'était Napoléon ; en effet, j'ai effectué là-bas l'été dernier des fouilles dans un tout autre domaine et je suis resté plusieurs semaines sur cette île où prénoms et noms des habitants sont tout à fait caractéristiques.

Le soldat de la Garde Ange Battisti était donc Corse !

Ne pouvant rien obtenir de plus, Jonas remercia le professeur et s'en retourna au Central.

Revenu à son bureau, Jonas se dit qu'après tout, cette information qui, sur le moment ne le faisait pas avancer dans la résolution du meurtre de Matas Horowitz, était tout de même à enregistrer. C'était un élément supplémentaire du puzzle qu'il avait à reconstituer.

Et c'est justement à cet instant précis de ses réflexions qu'Andrius lui tendit un téléphone :

Une correspondante française qui appelait depuis Paris voulait absolument s'entretenir avec lui à propos d'un certain Ange Battisti, sergent au 2ème Dragon de la Garde de l'Empereur Napoléon..

-4-
Jonas et Solène

Jonas sursauta sur son siège et crût être l'acteur passif d'un de ces rêves étranges où tous les évènements s'enchainent à la vitesse de l'éclair d'une façon totalement illogique !

Comment une femme française pouvait-elle avoir eu connaissance de quelques mots inscrits en lituanien par Matas Horowitz et trouvés hier dans la semelle intérieure de sa chaussure droite ?

Comment avait-elle pu être à même de connaître le nom d'Ange Battisti ainsi que l'origine de son régiment ?

Il saisit violemment le téléphone que lui tendait Andrius et entama, après s'être présenté, une conversation en anglais avec sa correspondante française.

Une demie heure plus tard, totalement surexcité il demanda qu'on lui prenne un billet d'avion pour Paris qu'on lui trouve un hôtel dans le centre pour une nuit. Il désirait y faire un aller-retour d'urgence et si possible, le prochain week-end.

Solène et lui avaient réussi à s'expliquer suffisamment pour qu'ils comprennent tous deux qu'en rassemblant ce dont chacun disposait comme information, ils arriveraient surement à y voir plus clair dans ce qui était pour tous deux, et pour des raisons totalement différentes, un mystère. Pour Jonas, cela signifiait la possibilité d'avancer vers la résolution de son enquête et pour Solène, la possibilité de comprendre les raisons qui ont empêché Ange Battisti de faire rapport à son Empereur des résultats de la mission que celui-ci lui avait confiée.

Jonas proposa donc à Solène une rencontre à Paris pour pouvoir parler plus discrètement et plus à fond de leur sujet commun. Solène proposa samedi à l'heure qui lui convenait en fonction des horaires d'avion, car elle ne pouvait pas s'éclipser en semaine, la préparation de son exposition ayant pris un peu de retard.

Ils se mirent d'accord sur ce schéma et décidèrent que Jonas informerait Solène par mail du lieu et de l'heure de rendez-vous.

Après vérification auprès de l'Agence de voyage lui confirmant sa réservation d'hôtel ainsi que celle sur le vol Wizzair de 6 heures 40 avec une arrivée à 8 heures 25 à Roissy Charles de Gaulle le samedi 26 novembre, Jonas envoya un mail à Solène pour l'informer des coordonnées de leur future rencontre :

Dear Solène,

Our appointment : saturday, november the 26th.

Lobby « Hôtel du Louvre » at 10:30.

Best regards,

Jonas

CHAPITRE 16
L'horreur

Vers la Bérézina, les 18-28 novembre 1812,

De retour du lac, Ange, le buste penché en avant enlaçant l'encolure de son cheval pour donner moins de prise au blizzard, la bride de l'autre monture bien en main, tentait sous la tempête qui sévissait depuis un heure, de retrouver le chemin d'Orcha ainsi que l'arrière garde du groupe des retraités.

Il n'y voyait pas à 10 pas, mais arriva tout de même à se diriger grâce à son grand sens de l'orientation qui avait déjà été sollicité lorsqu'il avait été laissé pour mort dans le désert Syrien en 1798. Il avait alors trouvé la force de se relever et de marcher en se guidant sur les étoiles pour retrouver finalement au bout de deux jours sans manger ni boire l'armée de Bonaparte.

À la tombée de la nuit du 2ème jour, peu après Orcha, il rejoignit enfin la masse immense des civils qui s'étirait à perte de vue et se fondit alors discrètement au milieu du groupe épars des derniers...

Cependant, à aucun prix, il ne voulait rester en toute arrière garde, le jeu favori des Cosaques étant d'attaquer prioritairement et en permanence les derniers marcheurs, les plus faibles, ainsi que ceux qui s'étaient égarés, par des incursions subites et dévastatrices.

Il força donc un peu l'allure de manière à gagner quelques centaines de mètres et se retrouva ainsi dans la masse compacte des fuyards. Fuyards n'était d'ailleurs pas le mot approprié, car fuir signifie en général, pour ceux que cela concerne, une marche à allure vive, voire une course afin d'éviter le danger porté par les poursuivants ; mais, dans le cas d'espèce, tous, femmes, hommes, enfants et bien sur vieillards étaient comme « collés » au sol, la force anesthésiante du froid, le poids de la neige sur les souliers la plupart du temps entouré d'étoffes, le froid mordant des blizzards glacés, l'immense fatigue accumulée, la faim, faisait que chaque pas demandait un effort quasi surhumain. Les fuyards étaient donc tous devenus des « trainards » !

Ange voulait maintenant retrouver au plus vite l'Empereur et lui faire part des résultats de sa Mission, mais Napoléon, il le savait, précédait toujours le gros de ses troupes et était donc au mieux à trois ou quatre jours de marche en avant de sa position actuelle.

Comme la Bérézina, dernière étape avant l'entrée en Pologne, était à environ 10 jours de marche, Ange comprit qu'il n'avait plus aucune chance de rattraper Napoléon avant le passage du fleuve.

Il en prit courageusement son parti et tenta comme tous les autres, heure après heure, minute après minute et même seconde après seconde, de survivre...

De part et d'autre de la route qu'empruntaient les pauvres êtres hagards qui formaient cette armée de réfugiés, des débris de ce qui fut l'équipement de la Grande Armée jonchaient le sol : canons, caissons, chariots, mais aussi, toutes sortes d'objets : bibelots, meubles, tableaux que les soldats ou les civils avaient emportés de chez eux pour les uns ou emmenés comme butin pour les autres et qui maintenant étaient devenus pour tous une charge insupportable, car, se porter, se traîner soi même était déjà un calvaire.

Les cadavres de chevaux par centaines, par milliers illustraient peut-être plus que tout le spectacle de la déroute de l'armée, sans cheval, un dragon, un hussard est nu et inoffensif : dépouillé de ce qui fait la justification même de sa puissance combattante, il est ainsi à la merci du premier cavalier ennemi venu.

Les fuyards, comme des spectres, marchaient à côté, ou même par dessus les cadavres de ceux qui avaient trépassé deux jours, un jour ou une heure auparavant, morts de froid, d'épuisement, ou bien qui s'étaient tout simplement suicidés. Leurs corps, leurs membres, leurs visages, comme ceux des « encore vivants » portaient toutes les couleurs que le froid extrême donne à la peau, rouge d'abord, puis bleue ensuite et enfin noire, et à partir de là il ne reste, hélas, plus d'espoirs !

Au milieu du silence de ces marcheurs résignés, les gémissements de souffrance des plus fatigués ou des blessés ressemblaient à la scansion que les hortators rythmaient jadis sur leurs tambours dans les galères romaines.

Dix jours ! Ange survécut dix jours à cette « lente fuite » éperdue et inhumaine, il n'avait plus qu'un seul cheval, le deuxième était mort de froid et il en avait partagé trois jours auparavant la chair gelée, dévorée quasi crue, avec les pauvres hères qui l'entouraient !

Un matin de ses yeux recouverts de givre où tous cils avaient depuis longtemps disparus, il aperçût au loin au travers des filaments d'un brouillard glacé ce qui ressemblait à la sinuosité d'un fleuve...

CHAPITRE 17
Recoupements

-1-

La rencontre

Paris, le samedi 26 novembre 2001,

Solène était arrivée avec 15 minutes d'avance au rendez-vous fixé par Jonas. Elle voulait tenter de reconnaitre d'instinct Jonas Kandzezaukas en associant le physique des inconnus qui allaient défiler dans le lobby devant elle à la voix qu'elle avait entendue au téléphone...

C'était un jeu qu'elle pratiquait souvent et auquel elle avait rarement perdu.

Elle avait trouvé la tonalité de la voix de Jonas intéressante, il parlait anglais avec l'accent assez guttural des nordiques mais il détachait bien ses syllabes et la musique des mots prononcés l'avait séduite.

Elle fantasmait également sur l'apparence physique de Jonas en tentant de lui trouver des caractéristiques précises et paria sans trop prendre de risques sur un grand nordique, d'aspect sportif, blond aux yeux bleus et d'allure générale assez élégante. Dans son esprit, une sorte de Steve Mac Queen ou de Brad Pitt, peut-être avec 10 centimètres de plus.

Bingo ! Elle était certaine de l'avoir reconnu ; il avait, comme tous ceux qui sont placés dans la même situation, pris l'allure de celui qui cherche discrètement quelqu'un sans en avoir l'air. À première vue, à ce que pouvait observer Solène, il était assez proche de « Monsieur voix » !

Assurée de son jugement, elle s'avança vers lui en lançant un suave « Good Morning Mister Kandzezaukas », et lui tendit d'autorité sa main.

Un peu étonné, Jonas répondit à sa poignée de main et après avoir, avec un grand sourire, vérifié qu'elle était bien Solène de la Roche, la prit par le bras pour la conduire vers le Bar de l'hôtel, qui, à cette heure matinale, était quasiment désert.

Ils commandèrent deux cafés et deux verres d'eau et commencèrent à échanger les classiques généralités habituelles avant d'entamer le véritable sujet pour lequel ils s'étaient donné rendez-vous.

Jonas:

— Ah Paris ! Vous en avez de la chance d'habiter cette merveilleuse ville, je suis déjà venu plusieurs fois mais trop peu de temps hélas ! Les Champs Elysées, Le Louvre, Versailles : quelles merveilles ! Et la cuisine française, ses vins, les bordeaux surtout mais qui coûtent si cher en Lituanie...

Solène:

— Ah Les Pays du Nord ! J'aimerai tant les visiter et vivre vos étés de la saint Jean ! Et la Lituanie, que Solène savait avoir été probablement le berceau des langues indo-européennes et des peuples Ariens, que de mystères encore à découvrir ! La puissance d'évocation de vos immenses forêts aux arbres centenaires, vos légendes nordiques, la beauté des lacs gelés l'hiver, la vodka, le poisson fumé...

Et puis, cerise sur le gâteau, ils découvrirent qu'ils avaient deux passions en commun : le ski et l'équitation.

La glace étant rompue, Jonas recommanda deux cafés et après avoir détaillé sommairement leurs parcours professionnels respectifs, ils passèrent aux choses sérieuses.

Solène, qui avait décidé de ne rien cacher, commença et raconta où et comment elle avait découvert un 9ème Codicille au testament de Napoléon dissimulé dans son propre corbillard, elle raconta aussi son voyage à Ajaccio et sa certitude que l'on avait perdu la trace d'Ange Battisti en Russie en 1812 et qu'il était depuis porté disparu.

Jonas raconta, la découverte du charnier, la certitude que les ossements étaient bien ceux de soldats de la Grande Armée, il aborda également le suicide qu'il savait être « arrangé » de Matias Horowitz et les mots en Lituanien qui désignaient Ange, il parla aussi du plan, ces deux derniers éléments ayant été découverts au cours d'une fouille de l'appartement dans le soulier droit du mort.

Ils en étaient certains maintenant :

À eux deux, ils tenaient les deux bouts de l'histoire. Solène tenait le premier élément avec la découverte du Codicille et Jonas le dernier avec la découverte du charnier...

Et tous les éléments ramenaient à Ange Battisti !

Ils s'aperçurent tout à coup qu'ils avaient parlé toute la matinée et qu'il était presque 13 heures.

D'un commun accord, ils décidèrent de déjeuner sur place et se firent apporter des clubs sandwiches au saumon, deux verres de Pouilly Fumé et une grande bouteille de Chateldon.

Tout en dégustant son club saumon, Jonas sortit le calque du plan trouvé chez Matas et demanda à Solène son avis sur ce qu'il pouvait bien, à son avis, représenter.

Elle ne répondit pas vraiment directement à la question mais tenta, après s'être tue longuement, de prendre le problème par le haut et de tenter une hypothèse.

Très concentrée, elle se mit alors à dérouler devant un Jonas impressionné, l'articulation de son raisonnement :

Elle commença :

- Ce que l'on sait :

1) Le recoupement entre le 9ème Codicille et la présence des restes d'Ange Battisti à Vilnius le met au centre du jeu.

2) Il avait été chargé d'une Mission secrète par l'Empereur, tellement secrète que l'Empereur au moment de sa mort, n'a voulu en informer que son oncle, le Cardinal Fesch.

3) Celui-ci n'a jamais reçu et n'a même jamais eu connaissance de ce 9ème Codicille.

4) Cette Mission avait été confiée à Ange en Russie pendant la retraite

5) Ange a disparu également en Russie

6) Ange était porteur d'un plan annoté et illustré par Napoléon lui-même.

7) Ce Plan indiquait un endroit marqué d'une croix.

- Ce que l'on ne sait pas :

1) Quelle était la mission d'Ange Battisti ?

2) Comment et où a-t-il disparu ?

3) Quel était l'endroit marqué sur la carte par une croix ?

- Ce que l'on peut déduire :

1) L'endroit indiqué sur le plan était forcément sur la route de la retraite qu'ils effectuaient entre Moscou et Vilnius.

2) La mission d'Ange Battisti devait être extrêmement importante pour qu'elle génère un tel niveau de secret

3) Cette mission qui 200 ans plus tard a entraîné un meurtre était certainement à un moment donné, associée à une forte somme d'argent...

... On peut même avancer l'hypothèse qu'il s'agissait probablement d'un trésor que l'Empereur voulait soustraire dans sa fuite à ses poursuivants et qu'il ne pouvait pour une raison que l'on ignore ramener en France.

4) Ange Battisti avait pour mission de cacher ce trésor à l'endroit de la « forme » marqué d'une croix.

- Ce qu'il nous faut trouver :

À quel lieu correspond la « forme » portée sur le calque ?

Jonas était sous le charme. Solène voyait juste, elle avait été très claire et il était de plus totalement d'accord sur toutes ses analyses et conclusions.

Ayant fini de déjeuner, ils s'attaquèrent donc à la qualification de la « forme ».

Première constatation : elle avait les contours très précis d'un « hippocampe ».

Ce ne pouvait, à la réflexion être qu'un village, une forêt ou un lac, le bord de mer était exclu vu la trop grande distance par rapport à la route que suivait l'Empereur et une ville se devait d'être également exclue vu le secret qui devait entourer la cachette.

Après réflexion, ils éliminèrent également la forêt qui ne pouvait pas avoir des contours aussi imprécis, puis ils écartèrent le village qui, à cette époque et surtout dans ces régions totalement rurales, n'avaient pas de délimitations aussi tranchées...restait donc la possibilité du lac...

-3-

Le Lac de Kasplia

C'est alors que Jonas se souvint, à propos de lac, avoir lu dans une revue d'histoire il y a des mois de cela que depuis le milieu du XXème siècle, on avait acquis la certitude que Napoléon avait subtilisé un grand nombre d'objets de valeur au Kremlin dont notamment la croix en or du clocher d'Ivan le Grand, et que ceux-ci n'avaient jusqu'à présent jamais été retrouvés.

Mais surtout, cet article précisait que Napoléon, pressé par le harcèlement des Cosaques et par le froid, avait peut-être fait engloutir ce fabuleux trésor dans un lac du côté de Smolensk. Jonas, très heureux d'avoir pu se souvenir de ce qui était enfoui dans une des cases de son cerveau, décida, d'accord avec Solène, de creuser la chose et s'empressa d'aller chercher son ordinateur qu'il avait laissé dans sa chambre.

À son retour ils se mirent à taper immédiatement sur Google :» Trésor perdu de Napoléon + Russie» et trouvèrent aussitôt plusieurs liens sur le sujet qui tous indiquaient le lac de Semlevskom près de la ville de Semlevskogo comme le lieu probable où serait noyé ce fameux trésor, mais il était également rajouté, que, malgré les nombreuses expéditions effectuées ces dernières années, rien de précieux n'y avait jamais été trouvé...

Ils se mirent aussitôt à comparer le dessin de la « forme » avec le lac de Semlevskom, et décidèrent d'un commun accord, de l'éliminer à 100% de la liste des sites possibles.

Ils continuèrent alors à naviguer sur Google et Google World afin de visionner la carte de la région des lacs sur la route de la retraite de l'Empereur.

Par chance, cette région est circonscrite dans une zone inscrite dans un cercle d'environ 90 kilomètres de diamètre ayant pour centre la ville de Smolensk.

Solène ayant également apporté son Mac, tous deux, commencèrent alors à comparer la forme des lacs de la région avec celle qui était sur le calque.

Au bout de trois heures de recherches, plus aucun doute ne subsistait, *le lac de Kasplia,* dont les contours représentaient presque parfaitement un hippocampe, situé à environ 80 kilomètres au nord-ouest de Smolensk s'inscrivait parfaitement dans la « forme » !

Ils possédaient donc maintenant concernant le secret que cachait le 9ème Codicille :

Un nom : Ange Battisti,

Un motif : Cacher un trésor confié par Napoléon à Ange et,

Un lieu : le lac de Kasplia !

Ils conclurent qu'ils avaient vraiment bien travaillé et estimèrent avoir mérité une pause...

Comme il allait être bientôt l'heure de dîner, Solène se proposa de faire découvrir à Jonas, le café Costes, encore et toujours « le » lieu branché par excellence pour dîner à Paris bien qu'il ait été inauguré quelques années auparavant.

Ils décidèrent d'y aller à pied, ce qui permit à Solène de faire admirer à Jonas, l'Opéra, la Place Vendôme, et une partie de la rue Saint Honoré.

Le délicieux menu du diner : salade d'écrevisses aux pamplemousses, petites ravioles au potimarron, arrosé d'un Chardonnay maison, puis café gourmand, fût magnifié par l'ambiance intime qui se dégageait des mini salons du Costes où chaque convive, assis sur de minuscules petites tables rondes est pratiquement à touche-touche avec son voisin.

Ils parlèrent essentiellement de politique internationale et notamment des leçons à tirer et des conséquences possibles de l'horrible attentat perpétré par les commandos suicides d'Al Qaïda le 11 septembre dernier à New York. Puis, au café, ils abordèrent les sujets plus intimes : non, ni l'un ni l'autre n'étaient mariés, non, ils n'avaient pas non plus, en ce moment, de liaison avec qui que ce soit, Jonas fit rire Solène en lui disant que son seul amour était sa chienne Kascha et Solène fit rire Jonas en lui parlant de la cour désuète, un peu ridicule et sans conséquences que lui faisait « Maître Jacques » à Malmaison.

Ils retournèrent tout naturellement à pied vers l'hôtel de Jonas, tout naturellement elle le suivit dans sa chambre puis, tout naturellement ils firent délicieusement l'amour, sans dire un mot.

Tôt le lendemain matin qui était un dimanche, Jonas qui s'était levé bien avant Solène et avait repensé à leurs conclusions de la veille en était arrivé à échafauder un plan permettant à la fois de tenter de pincer les assassins de Matas et d'essayer de mettre à jour le probable trésor de Napoléon.

Il réveillât doucement Solène, lui apporta une tasse de café et lui fit part de son idée.

— Solène, à cette heure du matin, j'ai en général les idées assez claires et, à mon avis, voila ce qui risque de se passer : les assassins de Matas Horowitz qui ont forcément identifié le lac de Kasplia comme nous, et qui, comme nous savent qu'il y a probablement un trésor à récupérer, vont à l'évidence monter une expédition pour tenter de le repêcher à l'endroit marqué de la croix sur la carte que l'Empereur a confié à Ange Battisti.

— Jusque là, je te suis, répondit Solène

— L'avantage, dans ce cas bien précis, d'habiter un pays très au nord, c'est que le lac ne pourra être sondé qu'à partir du dégel, c'est à dire, au plus tôt mi-mars.

— Je te suis toujours, dit Solène

— Eh bien, ce que je propose, c'est tout d'abord de nous mettre très discrètement en liaison avec les autorités russes et de monter avec eux une souricière aux tous premiers jours du printemps, de nous fabriquer une planque et d'attendre patiemment, devant l'endroit du lac Kasplia marqué de la croix, que les assassins de Matas se manifestent. Pressés comme ils doivent l'être, on devrait les voir sur place au plus tard dans les 8 jours suivant le dégel du lac.

— Formidable, répliqua Solène, je me débrouillerai pour prendre quelques jours de vacances à ce moment là, débrouille toi de ton côté pour me faire accepter dans l'équipe.

Jonas promit, puis comme il ne voulait pas rater son avion qui partait à midi, ils firent monter dans la chambre un petit déjeuner continental, refirent l'amour avec une grande application, passèrent à la salle de bain, se rhabillèrent, et après que Jonas eût réglé sa note, prirent tous deux un taxi pour Roissy, Solène ayant décidé de l'accompagner.

Les adieux furent tendres et doux : ces deux là semblaient s'être trouvés...ils promirent bien sûr de se revoir à Smolensk en mars comme prévu, de rester en contact entre temps, puis, bises, rebises et bon vol !

Solène, en repartant se dit que décidément l'Empereur semblait lui porter chance..

CHAPITRE 18
Le 2eme régiment de Dragon

Vilnius, mars-avril 2002

Les fouilles avaient été interrompues dès le début novembre dans la tranchée où l'on avait découvert les ossements. Sous la supervision de Tadas Kalanta, quelques volontaires de l'université s'étaient relayés avant l'arrivée du gel pour creuser et tenter de dégager péniblement les restes de squelettes, dont les premiers ossements étaient apparus à Vladas ce fameux matin du 22 octobre 2001. Les débris humains furent ensuite acheminés vers l'université de médecine où une salle spéciale avait été aménagée. Dans cette salle, on avait installé de grandes tables tréteaux recouvertes de draps blancs, tables qui permettaient d'étaler au fur et à mesure le résultat des extractions du jour.

Dix jours plus tard, des centaines d'ossements étaient alignés sur la table, et la première question qui vint à la communauté scientifique et à la municipalité de Vilnius concernait l'origine de ces restes humains. Au début, on avait penché pour des squelettes provenant d'exécutions du KGB, ou bien d'atrocités commises par les SS pendant la dernière guerre, mais très vite les choses se précisèrent, car, au milieu des débris humains, il avait été trouvé des boutons portant des numéros de régiment, des morceaux d'uniformes, des pièces métalliques, qui, tous, semblaient provenir de soldats de l'époque Napoléonienne. C'est à ce stade que les recherches furent interrompues par le froid.

Le Professeur Rimantas Jankauskas décida que l'on reprendrait en mars et prit le parti de se mettre en rapport avec son collègue et ami français, le professeur du CNRS Olivier Dutour de la faculté de Marseille qu'il décida à se déplacer quelques semaines à partir de cette date pour l'aider à élucider ce qui n'était encore que « Le mystère du charnier découvert dans la banlieue de Vilnius », comme un entrefilet dans la presse l'avait brièvement relaté.

Olivier Dutour arriva à Vilnius le matin du 20 mars et, après avoir déjeuné avec Rimantas Jankauskas avec qui il s'était lié d'amitié lors de leurs nombreuses rencontres dans les congrès internationaux, débarqua en début d'après-midi, revêtu de sa blouse blanche, dans la grande salle de l'université où étaient alignés les ossements.

Ils travaillèrent alors tous d'arrache pieds, étudiants qui creusaient comme universitaires qui analysaient, et arrivèrent assez vite à établir la lumière sur la macabre découverte : Olivier Dutour fît alors la déclaration suivante à la presse qui fût reprise un peu partout par les journaux du monde entier :

« Il s'agissait sans conteste de restes de soldats de la grande armée de Napoléon à la toute fin de la retraite de Russie. Au sortir de la traversée de la Berezina, ce qui restait alors de ce qui fût la Grande Armée, en ce terrible hiver 1812 où les températures ont atteint les -35 degrés, après avoir enduré la faim, le froid, le gel, les attaques meurtrières des Cosaques et les marches épuisantes, voyaient en Vilnius (Vilna alors) le salut qui leur permettrait, si ce n'est de mettre fin à leurs souffrances, au moins de leur permettre de retrouver quelques forces. Or, aussitôt arrivé, Murat, le Roi de Naples qui commandait alors l'armée, pressé de quitter cet enfer blanc, à la première apparition des Cosaques, décida d'évacuer Vilnius, abandonnant ses canons et son butin, battit en retraite vers le Niémen en laissant sur place des milliers de mourants.

Avant de partir, il fit enterrer pêle-mêle, les cadavres de milliers de soldats et officiers dans les tranchées défensives qui avaient été creusées à l'aller vers Moscou, pour protéger la retraite ».

Rimantas Jankauskas, Olivier Dutour et Tadas Kalanta en déduisirent que c'est bien de l'une de ces tranchées creusée par les soldats de Napoléon qu'ils avaient extraits les ossements sur lesquels ils se penchaient depuis un mois.

Le travail des trois professeurs avait également permis au bout de quelques jours de faire une sorte de décompte statistique du résultat des fouilles : « Plus de 1 500 hommes, dont 5 seulement ont passé la cinquantaine, sans doute de haut gradés, et 27 femmes, les cantinières, sans oublier la carcasse de 5 ou 6 chevaux ». Mais surtout, grâce à Olivier Dutour qui s'était mis en rapport avec la fondation Napoléon, il avait pu être établi que les éléments matériels qui avaient été trouvés provenaient pour partie de soldats issus du 29ème régiment d'infanterie, du 7ème régiment de Hussards, mais aussi du 2ème régiment de dragon…

… celui d'Ange Battisti !…

CHAPITRE 19
La Bérézina

La Bérézina, le samedi 28 novembre 1812

Lorsqu'Ange aperçût enfin la Bérézina et qu'il s'en fût péniblement approché, un spectacle dantesque, encore plus horrible que tout ce qu'il avait vu jusqu'à présent percuta son regard.

Des milliers d'hommes et de femmes, mais aussi de chariots, de canons, de voitures s'agglutinaient devant le fleuve gelé dans le seul but de pouvoir passer sur la rive salvatrice.

Napoléon, grâce à la reconnaissance géniale du général Corbineau avait découvert un endroit pour établir des ponts à 15 kilomètres en amont du passage classiquement emprunté, trompant ainsi la vigilance des russes.

Les pontonniers de l'héroïque général Eblé, dont 7 seulement sur 400 survivront, avaient réussi en travaillant nuit et jour dans l'eau gelée à construire, à partir du 25 novembre, deux ponts distants l'un de l'autre d'environ 200 mètres et d'une longueur d'environ 100 mètres chacun, un pour les voitures et l'artillerie et l'autre pour l'infanterie, la cavalerie et les civils.

Lorsqu'Ange arriva aux alentours du pont, deux jours plus tard, il n'aperçût plus sur la rive où il se trouvait que la cohorte des civils et des blessés.

L'Armée était donc déjà passée !

Soudain, alors qu'Ange n'était pas encore parvenu au pont, les Cosaques qui s'étaient rendu compte dès le 27 qu'ils avaient été dupés, attaquèrent de tous côtés, en poussant des cris épouvantables.

Ce fût alors la panique !

Tous en même temps, d'un même élan de survie, rassemblèrent ce qui leur restait de force et, femmes, hommes, chevaux, voitures, chariots de blessés, se ruèrent vers le pont formant instantanément un goulot d'étranglement que les soldats chargés de maintenir l'ordre ne purent éviter.

C'est à ce moment précis que les premiers boulets s'écrasèrent au milieu du chaos accentuant une ruée qui, bien que cela semblât impossible,, devint encore plus désordonnée. Les fuyards se culbutaient, montaient les uns sur les autres, n'hésitaient pas à piétiner vieillards et enfants ; l'instinct de survie poussé à son plus haut degré d'angoisse avait fait de ces hommes et de ces femmes des êtres où toute trace de civilisation avait désormais disparu...

Le passage aménagé du pont, alors, ne suffit plus, on escaladait les côtés, beaucoup tentèrent de passer à la nage et se perdirent dans le courant noyé au milieu des glaçons et des cadavres de ceux qui avaient échoué, si près du but.

Finalement, on tenta de passer sur le pont réservé aux voitures et à l'artillerie, ce fût pire encore, canons, voitures à bagages, charrettes, fourgons, écrasaient tout le monde sur leur passage.

Le bruit qui provenait de cet enfer était plus atroce encore : hurlements, interjections, vociférations, cris, râles angoissants, jurons, couvraient presque la canonnade.

Ange se dit que, probablement, jamais humain n'avait assisté à un tel spectacle d'horreur !

Ange vit bien qu'il lui serait impossible de passer et que s'il continuait à attendre, les Cosaques le tueraient ; il s'éloigna alors du théâtre de la tragédie et se mit à la recherche de quelque chose qui ressemble à un gué.

Après avoir parcouru 500 mètres, légèrement en amont, il dénicha, dissimulé derrière d'épais branchages, un endroit où il pensait avoir une bonne chance de traverser avec son cheval.

Le courant était fort et la Bérézina qui étonnamment n'avait pas encore gelé charriait cependant d'énormes blocs de glace qui constituaient un danger mortel ; mais Ange était très bon cavalier et le cheval que lui avait donné Roustam possédait encore quelques forces.

Il engagea alors précautionneusement sa monture dans l'eau glacée et décida de tenter sans plus attendre la difficile traversée. Malheureusement, il était à peine à mi-chemin que le courant, plus fort qu'il ne l'avait initialement estimé le déstabilisa et lui et son cheval furent aussitôt entraînés vers l'aval, donc vers les ponts, l'horreur et la mort certaine.

Ange se dit que cette fois c'était bien fini pour lui et qu'il ne pourrait, hélas, ni revoir sa famille, ni jamais faire à Napoléon le compte rendu de sa mission.

Puis, le miracle ! Un petit banc de sable sur la rive opposée bloqua homme et cheval à la dérive et leur permit, une fois le cheval rétabli sur la terre ferme, d'escalader sans trop de difficultés la berge opposée.

Transi de froid, les pieds et les mains gelés, Ange pensa cependant que le plus dur était désormais fait. Vite mettre du champ entre lui et cette maudite Bérézina, faire un grand feu, changer de vêtements, se coucher contre son seul cheval, dormir un peu et dans 10 jours, Vilna où sécurité, repos, nourriture et l'Empereur l'attendaient !

Le lendemain matin au réveil, Ange se mit à vomir violemment et à saigner abondamment du nez...

CHAPITRE 20
« L'œil de l'hippocampe »

-1-

Jonas et Solène

Lac de Kasplia, les 20-22 mars 2002,

Jonas était venu chercher Solène à l'aéroport de Smolensk. Ils se retrouvèrent avec joie mais ne purent pas aller au-delà d'un petit baiser protocolaire, Jonas étant accompagné par deux policiers russes qui étaient également chargés d'accueillir Solène que Jonas avait présentée comme étant une des meilleures spécialistes françaises du 1er Empire.

Entre temps, Jonas avait pris contact avec ses homologues russes et leur avait expliqué, sous le sceau du secret, secret qui devrait absolument être conservé jusqu'à la résolution complète de cette affaire, l'idée de la souricière qu'il comptait leur demander de mettre en place pour capturer les assassins de Matas Horowitz.

Jonas avait annoncé aux russes qu'il était à peu près certain que ceux qu'il traquait ne seraient pas sur leurs gardes. En effet, pour les besoins de l'enquête, Jonas aidé par son Chef de la Police, Arvydas Sinis, avait réussi à faire accepter au Procureur de Vilnius que l'on continue à accréditer la thèse du suicide de Matas afin de ne pas éveiller les soupçons des assassins. La famille de Matas avait également décidé de jouer cette carte, Jonas et le Procureur les ayant finalement convaincu que ce serait le meilleur moyen de débusquer, arrêter puis faire juger les assassins de leur Mari et Père.

Jonas avait bien entendu expliqué aux Russes l'autre raison de toute ces précautions : il y avait fort à parier qu'un trésor volé par Napoléon lors de la Campagne de Russie de 1812 dorme au fond de ce lac...

Les Russes avaient très vite accepté le plan de Jonas, et ce, d'autant plus facilement que, si le trésor existait réellement, ce serait sans conteste à leur gouvernement que reviendrait la primeur de sa découverte.

Tout le monde avait donc attendu, suspendu à la météo, l'annonce des premiers jours de dégel des lacs et cette année là il fût d'ailleurs annoncé assez précoce.

Ce devait finalement être pour le jeudi 22 mars.

Jonas qui eût connaissance de la date 10 jours avant, avertit Solène de manière à ce qu'elle organise son départ pour être là le jour J.

Arrivée dès le 20 mars, et accueillie, comme on l'a vu, par Jonas à l'aéroport, Solène fût conduite immédiatement à son hôtel escortée par les deux policiers russes qui repartirent après leur avoir fixé rendez-vous pour le lendemain matin à l'hôtel de police situé à trois rues de là.

Jonas accompagna Solène dans sa chambre et, avec un même élan, comme à Paris 4 mois plus tôt, ils tombèrent dans les bras l'un de l'autre. Ils firent aussitôt l'amour en se balbutiant, chacun dans sa langue les mots tendres et doux dont ils avaient tous deux rêvés pendant leur séparation.

Le lendemain matin, chacun un bagage léger en main, ils furent conduits par les policiers russes en voiture banalisée vers le lac de Kasplia. Seulement 78 kilomètres les séparaient de ce qu'ils pensaient être le point géographique d'aboutissement de leur longue enquête..

Ils avaient pu au préalable parfaitement situer l'endroit de la fameuse croix portée sur la carte remise à Ange. Sans aucune équivoque, l'emplacement indiqué par la croix se trouvait être exactement là où aurait du se situer « *l'œil de l'hippocampe* »...

Arrivés sur place ils constatèrent de visu ce que leur avait auparavant annoncé les russes, le débouché sur le lac au niveau de « l'œil » n'était possible que par une seule toute petite route qui ne comportait que 3 accès :

- par le nord en empruntant la Nakhaevskaya ul.

- par l'est, en provenance de Kartashevichi,

- par l'ouest, en venant de la route nationale P 130 puis en empruntant l'unique sortie perpendiculaire à cette même route en direction du petit village rural de Zaozerye qui bordait le lac au niveau du « cou » de l'hippocampe.

Jonas et les policiers en tirèrent deux conclusions : tout d'abord, compte tenu de la proximité du village, leurs « clients » ne pourraient en toute logique opérer en pleine sécurité que de nuit mais surtout il faudrait, de manière à fermer toutes les issues et ainsi leur bloquer toute possibilité de fuite, disposer de trois équipes d'intervention.

Ils décidèrent que la 1ère équipe dans laquelle figureraient Jonas, Solène ainsi que quatre policiers planquerait sur la terrasse d'un bâtiment désaffecté situé à l'aplomb de la tête de l'hippocampe et distant de quelques 200 mètres de l'œil. Ils auraient sur ce surplomb une vision parfaite de la zone sensible et pourraient ainsi donner le moment venu, par radio, le signal convenu aux deux autres équipes qui seraient, elles, dissimulées, l'une dans le jardin d'une grande maison juste a l'entrée du village de Zozerye et la 2ème, avec toutes les voitures à l'embranchement de la P130 et de la Nakhaevskaya ul.

Avec ce dispositif, il semblait impossible que leurs clients en réchappent.

Il avait été décidé, le dégel étant effectif dès le lendemain, de dormir à partir de cette nuit sur le site, l'équipe d'assassins qu'ils recherchaient devant certainement tenter leur expédition nocturne le plus tôt possible.

Ils se mirent donc instantanément en place et Jonas, Solène et les 4 policiers prirent leurs quartiers dans le bâtiment dévolu à la 1ère équipe.

Nourriture, chaises et sacs de couchage avaient été également prévus car il n'était maintenant plus question de sortir pendant 2 ou 3 jours.

Ils avaient tous été équipés de puissantes jumelles à vision nocturne et avaient décidé de guetter 24 heures sur 24. Ils tirèrent au sort les tours de garde avec une relève toutes les 2 heures. Solène hérita de la 1ère garde qui démarrerait ce soir à 22 heures, Jonas du 4ème tour...

Ce fût donc Jonas qui au tout petit matin du 22 vers 4 heures trente, le jour n'étant pas encore levé, aperçût baignant dans le halo vert de ses jumelles les phares de ce qui semblait être un convoi de deux gros véhicules qui se dirigeait vers le lac. Il réveilla tout le monde et chacun à son poste se mit à observer la suite des évènements.

Les deux véhicules s'arrêtèrent comme prévu au bord du lac, on pouvait distinguer très nettement leur marque : un gros camion Renault escorté par un 4/4 Toyota. Après quelques secondes où, tous feux désormais éteints, rien ne se passa, 6 hommes et une femme descendirent des deux engins.

Après une brève inspection de la rive, trois d'entre eux enfilèrent des combinaisons d'hommes grenouilles, fixèrent sur leur tête une lampe frontale qu'ils allumèrent aussitôt, et après une dernière vérification de leur matériel de respiration, se mirent instantanément à l'eau, les 3 autres et la femme faisant le guet.

À l'aide de leurs jumelles, Jonas, Solène et les policiers n'avaient rien perdu de la scène et se mirent au téléphone d'accord avec les deux autres équipes pour commencer à faire discrètement approcher les policiers mais surtout attendre la remontée des 3 plongeurs pour intervenir.

Les policiers russes avaient accepté que ce soit Jonas qui donne le signal.

-2-
Boris et Julia

Boris et Julia avaient impatiemment attendu le printemps.

Ils avaient tout de suite compris qu'il n'y aurait rien à faire pendant l'hiver et avaient donc décidé de mettre cette longue période à profit pour préparer minutieusement l'expédition qu'ils étaient bien décidés à effectuer.

Pendant les 15 jours ayant suivi les deux assassinats, ils avaient été suspendus à la radio, gardé leur TV allumée 24 heures sur 24, et avaient dévoré toutes les pages intérieures de tous les journaux qu'ils pouvaient trouver afin de pouvoir être immédiatement informés si la police avait le moindre soupçon.

Mais ils n'apprirent et ne lurent que ce qu'ils avaient souhaité entendre et lire : C'est à dire « rien » concernant le dénommé Matas Horowitz.

Visiblement la thèse du suicide avait été validée par la police et personne ne s'était étonné plus que ça dans l'entourage de Boris de la disparition de Magda. Boris avait annoncé aux autres filles qu'elle était retournée en Ukraine pour raisons familiales et puis se fût terminé.

Julia connaissant le lac, ils ciblèrent le lieu marqué de la croix et constatèrent qu'il se trouvait à peu près au niveau théorique de «l'œil de l'hippocampe» et que l'endroit en question pouvait être atteint par une petite route perpendiculaire à la nationale 130, petite route qui s'arrêtait à quelques mètres de la berge. Cependant, compte tenu de la proximité du village de Zaozeye, ils avaient jugé impératif de passer à l'action de nuit.

Boris avait pensé également nécessaire pour effectuer cette opération, dans de bonnes conditions de s'adjoindre les services en plus de Titus et de Brandon de trois équipiers supplémentaires qu'il recruta dans son équipe de Vilnius.

Avec Julia, au total, ils seraient donc 7.

Ils avaient tous pris des cours de plongées en piscine pendant l'hiver et n'étaient pas trop inquiets de leur peu d'expérience en la matière, la profondeur des eaux du lac en question n'excédant pas 5 mètres.

Finalement, scotchés sur les bulletins météos russes, ils avaient été informés vers le 10 mars que le premier jour de dégel effectif des lacs serait le 22 mars. Ils décidèrent de ne pas perdre de temps et d'exécuter l'opération dès le 1er jour, avant l'aube.

Ils louèrent un gros camion Renault, un 4/4 Toyota, 3 tenues d'hommes grenouilles équipées de lampes frontales, et travaillèrent sur l'itinéraire.

Ils avaient pu se procurer sans problèmes par l'intermédiaire de «clients» de Boris à l'Ambassade de Russie les visas permettant d'entrer sur le territoire et «d'honorables correspondants» à Smolensk devaient leur fournir le moment voulu l'armement nécessaire car il n'était pas question de tenter de rentrer en Russie avec des armes dans le coffre de la voiture...

-3-

Fin de partie

Le 21 au soir ils étaient tous les 7 arrivés sans encombre sur la nationale P130 et avaient décidé de dormir quelques heures à l'abri dans une petite forêt à 5 kilomètres du site, dans le camion pour les hommes et dans la Mercédès pour Boris et Julia.

À 4 heures du matin, le 22, après un café thermos et un dernier briefing au pied du camion, toute l'équipe se mit en route sur la P130 puis, comme prévu, bifurqua sur la petite route qui devait les mener à l'aplomb de « l'œil de l'hippocampe ».

Une fois arrivés et descendus de leur véhicule, Titus, Brandon et Naglis enfilèrent sans un mot leur tenue d'homme grenouille, allumèrent leur lampe frontale, vérifièrent une dernière fois l'arrivée d'oxygène de leur bouteille, et se glissèrent sans un bruit dans l'eau pour une 1ère plongée exploratoire d'un quart d'heure. Ils s'étaient déployés en éventail, chacun d'entre eux plongeant avec un intervalle de 8 mètres.

Afin de prévenir toute intrusion inopportune, Boris et Julia se placèrent aux deux extrémités du lieu délimité pour la plongée et leurs deux acolytes, le dos tourné au lac, avaient pour mission de surveiller le trafic de la petite route.

Comme convenu, un quart d'heure plus tard, les 3 hommes grenouilles réapparurent pratiquement en même temps à la surface et après être remontés sur la berge et avoir ôté leurs masques ils annoncèrent à Boris et Julia qui s'étaient approchés d'eux qu'ils n'avaient encore rien vu d'intéressant et que la vase remuée par le dégel rendait la visibilité très difficile et allait probablement ralentir d'une manière significative le travail.

Au moment où Boris était en train de leur répondre, mâchoire contractée et dents serrées qu'il ne voulait rien savoir de leurs explications et leur ordonnait de se remettre immédiatement à l'eau, une voix sortie d'un mégaphone leur intima l'ordre de lever les mains et de plus faire un geste.

Totalement aveuglés par les puissants projecteurs qui venaient de s'allumer brutalement et qui éclairaient la scène, les membres du groupe, dans leur position inconfortable, acculés à la rive du lac, comprirent instantanément qu'aucune fuite ne leur semblait être possible. Boris tenta bien un baroud d'honneur en sortant à la vitesse de l'éclair un gros pistolet de son blouson avec l'idée de viser les projecteurs, mais avant qu'il n'ait eu le temps de tirer, un des policiers placé en retrait et équipé d'un fusil à lunette infra rouge avait fait feu et Boris s'écroula sans un mot, touché à la poitrine.

Julia n'eût même pas le temps de se précipiter sur lui pour le secourir, elle fût instantanément ceinturée, menottée et emmenée vers une des voitures, qui, garées à quelques centaines de mètres du lac, attendaient l'ordre d'intervention pour s'avancer.

Les 5 hommes furent jetés sans ménagements dans les différentes voitures de police qui repartirent en trombe avec leurs prisonniersn toutes syrènes hurlantes. Alors, et le silence régna à nouveau aux alentours de « l'œil de l'hippocampe » du lac de Kasplia...

Jonas, Solène et le commissaire russe qui avait coordonné l'opération et qui était resté avec eux, se dirigèrent alors vers la 4/4 et entamèrent la fouille du véhicule. Ils commencèrent comme toujours par ouvrir la boite à gants et tombèrent immédiatement sur l'original du plan dont Andrius avait retrouvé un calque dans la chaussure de Tadas Horowitz. Mais, surtout, ils découvrirent enfermé dans une vulgaire enveloppe, un morceau de parchemin sans âge couvert d'une écriture ancienne où la lumière projetée par leur torche leur permirent de lire :

.orogob... .. 8 . ov...re ..12

Sa.. con.uit

L. se..... Ang. Bat..... d. 2 reg.....d. dra... . mpé..a.

e.t .. miss... p.. .Emp.....

Napo..éon

et en dessous, au stylo, et en écriture moderne :

Dorogobouj le 8 novembre 1812

Sauf conduit

Le se....(qui pouvait vouloir dire sergent) Ang. Bat..... du 2ème régiment de dragon impérial est en mission pour l'Empereur.

Signé : **Napoléon**

CHAPITRE 21
L'ouverture du testament

-1-

Napoléon

Sur le Camel, le mercredi 25 juillet 1821,

Napoléon avait rendu l'âme le 5 mai 1821 entouré de ses derniers fidèles. Il avait 51 ans.

Il était mort, allongé sur son petit lit de camp d'Austerlitz qui avait été placé dans le l'étroit salon où il recevait d'habitude ses visiteurs.

Ses derniers mots avaient été « Tête... Armée »

Son valet Marchand avait arrêté alors la pendule du salon : il était exactement 5 heures quarante neuf.

Il faisait très beau ce jour là.

On l'avait embaumé le 8 mai, puis enfermé son corps dans trois cercueils : le premier en fer étamé, matelassé de satin blanc, le second en acajou et le troisième en plomb.

L'enterrement avait eu lieu le 9 mai avec tout l'appareil réservé aux généraux de hauts rangs, mais pas aux chefs d'État.

Le cercueil avait été recouvert du manteau de Marengo reposait sur le corbillard tiré par quatre chevaux.

La Maréchal du Palais Bertrand et le Comte de Montholon avaient tenu les coins du drap mortuaire.

Trois mille soldats anglais avaient suivi le cortège.

Onze salves d'artillerie furent tirées pendant la cérémonie.

-2-

La tombe

Sachant que son vœu d'être enterré à Paris ne serait pas exaucé, Napoléon avait lui-même choisi l'emplacement de sa tombe dans un petit vallon ombragé au pied d'une petite source d'eau fraîche à laquelle il aimait se désaltérer lors de ses promenades.

Aucune inscription ne devait figurer sur la pierre tombale, Hudson Lowe ayant refusé d'y apposer les termes d'Empereur des Français à la suite du nom de Napoléon Bonaparte.

Bertrand et Montholon refusèrent donc, suivant les vœux de l'Empereur que celui-ci fût enterré avec la seule dénomination de Général Bonaparte.

Quelques jours après, les nombreux visiteurs de l'île venus se recueillir sur la tombe de Napoléon parachevèrent leur prière en emportant en souvenir quelques branches des deux saules qui surplombaient la pierre funéraire.

Hudson Lowe n'avait pas failli à sa réputation, outre le fait qu'il avait continué à refuser le titre d'Empereur à Napoléon, même mort, il s'était presque précipité à Longwood dès le lendemain des funérailles afin de faire mettre de côté un certain nombre de meubles et d'objets ayant appartenu à l'Empereur, qu'il comptait bien négocier une fois rentré à Londres.

Il fit également instantanément mettre sous séquestre le char funèbre en remettant à plus tard sa destination finale.

-3-
Montholon

Le Comte de Montholon était comme tous ses compagnons partagé entre une immense tristesse et un grand soulagement. Ils allaient enfin pouvoir quitter cette maudite île, revenir en France, et pour la plupart d'entre eux et plus particulièrement le comte Charles-Tristan de Montholon, jouir de leur fortune.

Cependant Montholon qui s'était immédiatement enquis après les obsèques de la possibilité qui lui paraissait évidente de ramener le corbillard en France, fût atterré d'apprendre que Hudson Lowe l'avait fait enfermer dans une écurie de la caserne de Jamestown, la capitale de l'île, celle-ci gardée jour et nuit par 4 sentinelles.

Le document caché par Montholon était donc devenu inaccessible et après une période de grande agitation où il avait échafaudé mille plans pour atteindre l'écurie sans se faire prendre, il finit par se persuader qu'il serait plus sage d'attendre. Le corbillard, il en était certain, ne resterait pas éternellement à Sainte-Hélène et rentré en France, Montholon, était bien décidé à faire tout ce qui serait en son pouvoir pour le récupérer.

Le 27 mai 1821, Montholon et les derniers compagnons de Napoléon embarquèrent sur le *Camel* qui faisait voile vers l'Europe.

Le 25 juillet, alors que le bateau entrait dans les mers d'Europe, Montholon, ouvrit le testament ainsi que tous ses codicilles devant Hudson Lowe, et comme Napoléon l'avait prévu, les testaments originaux furent confisqués afin d'être conservés en Angleterre.

Montholon, rentré en France, retira des donations issues du testament de l'Empereur une immense fortune et fît comme il s'y était engagé tout ce qui fût en son pouvoir pour récupérer le char funèbre. Il offrit des sommes considérables au gouvernement anglais, il écrivit plusieurs lettres au Roi George IV d'Angleterre puis à la Reine Victoria, sans aucun succès.

Il eût bien une bouffée d'espoir au moment du retour des cendres de l'Empereur en 1840, mais le corbillard qui avait raccompagné le corps depuis Sainte-Hélène avait été changé.

Finalement lorsque la Reine Victoria, dans un geste de réconciliation rendit le corbillard d'origine de l'Empereur à la France, en 1858, Montholon était mort depuis 5 ans.

Comme il l'avait promis à l'Empereur, il conserva le secret du Codicille jusqu'à sa mort et en mourant il garda la certitude que, heureusement ou malheureusement, nul n'aurait jamais connaissance du dernier secret de Napoléon...

CHAPITRE 22
Les fouilles

Lac de Kasplia, le mercredi 12 juin 2002,

Le gouvernement russe était bien décidé à employer les grands moyens.

Suite à l'arrestation de Boris, Julia et sa bande et de leur implication dans le meurtre de Matas Horowitz, la presse s'était emparée de l'affaire et les autorités avaient décidé de ne plus taire ce qui avait été caché jusqu'ici, à savoir :

Le fameux trésor que Napoléon avait dérobé au Kremlin pendant sa présence à Moscou lors de la campagne de Russie de 1812 gisait très probablement dans les eaux peu profondes du lac de Kasplia.

Les Russes considéraient que la récupération de ce trésor serait pour eux, toujours à la recherche de reconnaissance internationale depuis l'éclatement de l'Union Soviétique, un bon moyen de redonner du lustre à la fierté nationale tant écornée ces dernières années.

La presse avait également reproduit une copie du sauf conduit donné à Ange Battisti ainsi que, tout dernièrement afin de ne pas créer de syndrome d'une « ruée vers l'or », le plan du lac ainsi que l'emplacement supposé du trésor gisant probablement au fond de la prunelle de « l'œil de l'hippocampe », emplacement qui était d'ailleurs, on le soulignait dans tous les articles, sévèrement gardé depuis l'intervention policière du 22 mars.

En ce jeudi 12 juin, 1er jour des fouilles officielles, toutes les télévisions nationales russes et Lituaniennes ainsi que les principales TV étrangères dont, bien-sur, CNN, France 2 et TF 1 avaient disposé leurs caméras devant l'endroit supposé du lac d'où devait surgir le trésor.

Solène et Jonas étaient bien entendu présents et étaient tous deux devenus l'objet de grande curiosité ; la narration de leur enquête commune avait été reproduite, commentée et encensée par les polices et les journaux du monde entier.

Solène avait agi une fois de plus avec grande intelligence ; après avoir eu un peu de mal à expliquer à « Maître Jacques » le pourquoi de son silence à propos de sa découverte, elle s'était ensuite en permanence effacée dans ses compte rendus à la presse et dans ses interviews derrière son rôle au sein du Château de la Malmaison et avait soulignée l'aide constante et précieuse que son Directeur, Monsieur Jacques Corville lui avait fournie.

Jonas, lui, considérait avoir tout simplement fait son métier, il fût bien entendu félicité, mais ce qu'il retirait surtout de cette affaire résidait dans sa chance d'avoir pu par le plus grand des hasards faire la connaissance de Solène dont il était, probablement, et ce, dès le 1er jour de leur rencontre, tombé amoureux.

Kasha qui était à ses côtés aujourd'hui aurait bientôt de quoi être terriblement jalouse...

Comme Solène et lui avaient décidé de vivre ensemble, ils avaient opté pour la France et Jonas avait dès le début de ce mois entamé, avec l'aide de Solène, des démarches pour tenter d'obtenir le poste de coordinateur européen de la lutte anti hooligans qui allait être tout prochainement créé. Tout en nécessitant de fréquents voyages à l'étranger pour rencontrer ses collègues des autres pays, le poste devait être basé à Paris ce qui les réjouissait tous deux.

Devant « l'œil de l'hippocampe », des grues, des treuils, et des camions attendaient que les quelques vingt hommes grenouilles qui se relayaient depuis ce matin dans leurs plongées aient repêché leur « butin ».

Au bout d'une semaine de recherches infructueuses, il fallut bien se rendre à l'évidence : il n'y avait rien ni au fond de « l'œil », ni même, parce qu'on avait élargi le périmètre des fouilles, dans tous les éléments de la tête, ni dans le long cou de l'hippocampe.

Alors, les TV remballèrent leur matériel, les journalistes repartirent chacun dans leur pays, les autorités russes, pour ne pas perdre la face, annoncèrent qu'elles reprendraient leurs plongées au mois d'août, mais personne n'était dupe : dans le lac de Kasplia pas plus que dans le lac Semlevskom, on ne retrouverait le trésor que Napoléon avait dérobé au Kremlin pendant l'hiver 1812...

Solène et Jonas devant l'échec des fouilles eurent une grosse chute d'adrénaline.

La percée de ce mystère qu'ils avaient contribué, pratiquement seuls, à élucider avait représenté pour eux pendant ces six derniers mois un aboutissement qui les avait rempli d'un orgueil où étaient intimement mêlés satisfaction personnelle et professionnelle, mais que tant d'efforts et tant d'espoirs aient abouti à un résultat nul furent pour eux une énorme déception.

Finalement, ils reprirent, accompagnés de Kasha, le chemin de leur hôtel à Smolensk, et avant de se séparer à nouveau, mais cette fois, ils en étaient certains, momentanément, ils firent l'amour, et pour la première fois, probablement pour chasser la tension qu'ils avaient tous deux contrôlé depuis tous ces jours, ils le firent violemment, follement, éperdument...

CHAPITRE 23
Mission accomplie

-1-

Le Chemin de Croix

Vers Vilna,, 29 novembre-9 décembre 1812,

Il restait encore 10 jours de marche pour retrouver Vilna, le repos et l'Empereur.

Mais toujours le froid, la fatigue, la saleté, les poux et cette faiblesse qui l'envahissait de plus en plus. Ange arriva à tirer encore suffisamment de forces de son cheval pour pouvoir rejoindre le lendemain de son passage de la Bérézina ce qui restait de l'armée.

Alors, le froid que l'on pensait porté à son degré maximum se fit encore plus vif, la température chuta d'une manière telle la journée suivante qu'Ange n'était plus capable de percevoir la moindre sensation physique. Tout était gelé chez lui, ses membres, son corps, et quand à son esprit, il luttait de toutes ses forces pour en garder un minimum le contrôle.

Ce dont il était certain, c'était que, malgré le froid, lui qui n'avait jamais fait la moindre attention aux murmures de son corps, il était brûlant de fièvre, des maux de tête effroyables l'envahissaient et son nez n'arrêtait pas de saigner.

Il continuait malgré tout au milieu des blessés et des cadavres. Ceux qui l'accompagnaient et avec qui aucun mot n'était jamais échangé mouraient les uns après les autres en s'écroulant tout simplement à l'endroit de leur dernier pas. Les suivants enjambaient, passaient par dessus ou même écrasaient si, par miracle, ils avaient encore la chance de posséder une voiture, ceux qui venaient de s'écrouler pour ne jamais se relever.

Les oiseaux comme les hommes, en silence, tombaient tous comme des mouches !

Le quatrième jour, il s'aperçut qu'il avait des tâches rouges sur tout le corps.

Ange, le dragon qui avait tant de fois tutoyé la mort savait ce que cela signifiait, il avait contracté le typhus, ses jours étaient donc désormais comptés. La mort ne lui faisait pas peur, il l'avait tant de fois narguée, mais de toutes ses forces il voulait tenir bon, arriver jusqu'à Vilna, voir L'Empereur et puis, mourir ensuite, peu lui importait.

Le sixième jour, son cheval s'écroula sous lui ; alors, toujours grelottant de fièvre, n'en pouvant plus d'épuisement, il trouva malgré tout suffisamment de ressources pour s'emparer dans la neige à quelques pas de lui d'un traineau à bras abandonné par quelque misérable sur lequel il empila tout son chargement et qu'il se mit à tirer comme un forçat.

Le calvaire qu'il endura ensuite pendant les trois jours suivants, il le comparait dans son délire au chemin de croix du Christ qu'il avait coutume de suivre étant enfant le vendredi saint dans les rues d'Ajaccio, mais ici, au milieu de ces paysages désolés et glacés, point de Simon de Cyrène pour l'aider à trainer son chariot, et encore moins de Sainte Véronique pour venir apaiser les brûlures de sa face, et il ne tomba pas 3 fois comme le Christ, mais 10 fois, cent fois, mille fois !

Il endura tout cela seul, en silence, et seul, mourant de fièvre, son lourd chariot à bout de bras, il entra l'après-midi du 9 décembre 1812 dans les faubourgs de Vilna.

Dans la ville une immense agitation proche de la folie touchait tout ce qui ressemblait encore à un être humain, soldat comme civil.

Errant à travers les rues, délirant, trainant toujours comme un somnambule son charroi, à la recherche de ce qui pouvait ressembler au quartier général de l'Empereur, il comprit soudain de bribes d'échanges hurlés entre soldats que Napoléon était reparti pour la France depuis 3 jours et que Murat, le roi de Naples qui avait pris le commandement, voulait évacuer la ville dès aujourd'hui.

Alors pour la première fois de sa vie, Ange maudit sa destinée et leva comme il le pût son poing gelé et ensanglanté vers le ciel...

-2-
Mission accomplie

Ange n'avait pu remplir la mission que lui avait confié l'Empereur au lac de Kasplia.

A peine avait-il entamé le percement de la couche de glace, qu'il avait aperçu en face de « l'Œil de l'Hippocampe » un fort détachement de Cosaques en patrouille. Placé sur le bord du lac comme il l'était il pouvait encore les voir sans être vu, mais ça ne pourrait durer. Il avait donc pris le parti de quitter aussitôt les lieux. Il était remonté vers ses chevaux et était reparti aussi vite et aussi discrètement que possible.

Il s'était dit alors qu'il trouverait bien un autre endroit et qu'il aviserait ensuite l'Empereur de son emplacement. Mais les jours été passés et il n'avait rien pu trouver qui lui convint.

Il jugea impossible de pouvoir renseigner l'Empereur sur un emplacement isolé dans une steppe glacée en plein hiver car l'été, tout serait différent, et il fût dans l'impossibilité ensuite, mêlé à tous les fuyards, englué dans la masse des misérables de dénicher un endroit propice et même de trouver la force de s'arrêter pour creuser, la moindre halte signifiant la mort, les Cosaques épiant et achevant sans pitié toute personne détachée du groupe.

Ensuite Ange n'eût plus qu'une seule obsession, et il eût conscience que c'était probablement cette pensée qui le retenait toujours en vie : rejoindre l'Empereur à Vilna et lui rendre compte de l'échec de sa mission. Il comprendrait, Il avait toujours tout compris, Il était son ami, et puis ensuite, Ange pourrait mourir...

Maintenant, totalement délirant, titubant, marchant au hasard, anéanti par la nouvelle du départ de l'Empereur qu'il venait d'apprendre, se sachant perdu, à bout de forces, il regarda autour de lui comme pour chercher une improbable issue à son malheur.

Il s'aperçut alors au travers de ses yeux purulents, un de ses pieds ensanglantés ayant buté maladroitement sur une dalle blanche, qu'il avait, sans s'en apercevoir, franchi la porte de ce qui ressemblait à un tout petit cimetière.

En rassemblant péniblement dans ce qui lui restait de raisonnement les dernières lumières de son esprit, il jugea que oui, il pourrait peut-être s'acquitter de sa mission ici, en enterrant sous cette toute petite tombe, probablement celle d'un enfant et qui était située au pied d'un gigantesque peuplier, ce que Napoléon lui avait demandé de noyer dans le lac de Kasplia.

Il rampa presque jusqu'à sa charrette qu'il traîna au bord de la tombe, et, à l'aide des outils que Roustam lui avait donné, il puisa dans ses ultimes forces pour soulever la pierre tombale et faire glisser dans l'excavation ce que l'Empereur lui avait confié.

Il remit la pierre en place, abandonna son chariot, et tel un spectre, chercha quelqu'un pour le renseigner sur le nom de ce cimetière. Prise de pitié, une habitante de Vilna, l'écouta et aidée par un soldat Lituanien de la Grande Armée qui passait par là et qui traduisit, elle lui indiqua qu'il s'agissait du tout nouveau cimetière d'Antakalnis.

Ange demanda alors au soldat un morceau de papier et un crayon et, d'une écriture toute tremblante, écrivit :

Sire,

Vilna,

Cimetière d'Antakalnis

Petite tombe sous le grand peuplier,

Je t'Aime,

Je meurs,

Vive l'Empereur

Ange Battisti

Puis Ange chercha des yeux un officier d'ordonnance ou une estafette afin qu'il puisse insérer dans leur pochette de courrier et faire parvenir aux bons soins du Prince Murat le petit mot si précieux qu'il venait de rédiger à l'adresse de l'Empereur.

Sa recherche le conduisit, titubant, son papier toujours en main, au beau milieu de l'hôpital de campagne qui était tout proche. Des milliers d'agonisants y étaient couchés, assis, debout, partout, attendant des soins ou bien un réconfort qui n'arriverait jamais.

À bout de forces, Ange se cala alors contre un mur dans la cour jonchée de cadavres et de mourants et entreprit, avant de le confier et pour ne pas l'endommager entre temps, de placer son message dans la petite boite en métal qu'il portait toujours autour de son cou et qui ne le quittait jamais. Mais l'effort pour ouvrir la boite fût, à ce stade de faiblesse, trop violent pour lui, et, le papier toujours fermement tenu dans le creux de sa main, Ange s'écroula soudain, fût pris d'un horrible spasme et, sans un autre cri, sans un râle, rendit le dernier soupir.

La trace des souffrances qu'Ange avait endurées jusque là disparurent aussitôt comme par miracle, tout son corps se détendit, et se détendit alors également la main qui tenait encore le tout petit papier sur lequel il avait écrit quelques instants auparavant les quelques mots à l'attention de son Empereur. Le petit message adressé à Napoléon s'envola alors dans le blizzard de Vilna, virevolta dans l'air au milieu des flocons et tournoya vers le ciel dans le même élan que la pauvre âme d'Ange Battisti, Son fidèle Grognard...

CHAPITRE 24
L'entrevue avec l'Empereur

Dorogobouj, le dimanche 8 novembre 1812,

Guidé par le Mameluk Roustam Raza, Ange fût conduit vers la tente de l'Empereur qui se situait un peu à l'écart sur un promontoire enneigé.

Napoléon était en train de conférer devant une carte avec deux de ses Maréchaux.

Roustam fit entrer Ange et le pria d'attendre dans un petit recoin sur le côté droit de la tente où étaient disposés la célèbre table de travail pliante de l'Empereur ainsi que deux chaises.

Napoléon demanda quelques minutes plus tard à ses Maréchaux de s'éloigner un instant et demeura seul avec Ange et Roustam qui gardait l'entrée.

Malgré les souffrances qu'il devait endurer, l'Empereur ne paraissait pas atteint, il était vêtu d'une grande capote doublée de fourrure et portait sur la tête une grosse toque de couleur amarante qui le faisait ressembler à un cosaque.

L'Empereur s'approcha lentement d'Ange et le serra longuement dans ses bras :

— Ange, aimes-tu toujours ton Empereur ? lui demanda-t-il avec son autorité habituelle en s'écartant brusquement de lui.

— Sire, comment peux-tu encore douter de ma fidélité et de mon amour ? répondit Ange un peu étonné de ce qui était pour lui une évidence tellement présente à son esprit, que poser une telle question lui sembla être proche du blasphème.

Ne me vois-tu pas une fois de plus à tes côtés, aujourd'hui dans l'épreuve comme j'ai partagé hier avec Toi la Gloire de Tes victoires ?

Napoléon ne répondit pas et enchaina :

— Ange, je vais te confier une mission difficile.

— Sire, je suis à Tes ordres, lui répondit Ange en rectifiant automatiquement la position.

— Il s'agit d'une mission périlleuse et totalement secrète, ajouta l'Empereur, seuls toi, moi et Roustam en connaitrons l'existence.

L'Empereur continua :

— Je t'ai choisi entre tous parce que nous nous connaissons depuis presque 40 ans et que depuis notre toute petite enfance où nous nous bagarrions sous les châtaigniers au-dessus d'Ajaccio jusqu'à ce triste aujourd'hui j'ai pu constater que ta fidélité à notre amitié et à notre sang Corse ne m'a jamais manqué et je t'ai choisi également, et ceci devrait te combler, car ce que je vais te demander de faire devrait d'une certaine manière te faire à nouveau rêver du Pays.

— Sire, ordonne et je T'obéirai, répondit Ange.

Napoléon se rapprocha alors tout près d'Ange, et en détachant bien chaque syllabe de chaque mot, il lui dit ceci :

— Ange, j'ai rapporté de Moscou un trésor immense, *trésor que je souhaite destiner au seul peuple Corse*, celui qui m'a vu naître et sur la terre duquel j'ai été élevé, et ce trésor, je ne peux le ramener avec moi en France dans l'équipage avec lequel je vais rentrer lorsque tout sera terminé ici.

Je veux que tu le caches ici, en Russie, dans un endroit que je vais t'indiquer et que tu rentres ensuite en France pour me confirmer le succès de ta mission et venir te faire récompenser comme il se doit de ta bravoure et ton dévouement.

Ange était interloqué et en même temps flatté de tant de confiance. Il risqua une question :

— Mais Sire, si je cache Ton trésor ici, en Russie, à l'endroit que Tu m'indiqueras, comment le récupéras-Tu ensuite ?

— Vois-tu Ange, les guerres sont atroces, répondit doucement Napoléon, mais les Rois finissent toujours par faire la paix, et je ne doute pas que cette vilaine guerre que nous sommes en train de faire fera exception. Dès que cet entêté d'Alexandre et moi nous serons mis autour d'une table et aurons signé un bon traité, je t'enverrai auprès de mon Ambassadeur à Moscou pour qu'il te donne une escorte et t'aide à retrouver ce que tu auras caché sur mon ordre.

Ange comprenait mieux maintenant. Il n'était pas étonné des sentiments que Napoléon continuait à exprimer pour sa patrie d'origine, il avait depuis longtemps deviné que si l'Empereur était désormais Français avant que d'être Corse, il n'avait jamais oublié l'endroit où était né son génie. Ange était à l'heure présente encore plus fier de Le servir.

Napoléon entraina Ange dans l'autre coin de la tente et découvrit sous une grande couverture de fourrure trois petits coffres enveloppés d'une grosse toile de jute et solidement ficelés.

— Dans ces trois coffres, Ange, il y a en pierreries, or et objets précieux de quoi donner à la Corse les moyens de faire rayonner ses ports, son agriculture et son architecture à un niveau égal à celui des plus grandes régions du Continent.

Napoléon continua,

— Tu sais aussi bien que moi, Ange, que la Corse, toujours envahie, jamais véritablement libre, n'a jamais eu la chance de pouvoir se développer et ainsi faire parler son génie à la hauteur de ce que mérite son peuple courageux, brave et fier. Eh bien, je veux réparer cela !

Comprends-tu mieux maintenant, toi mon ami Corse de toujours, l'importance de ce que je te demande ?

Ange avait les larmes aux yeux. De toute son âme il voulait réussir le plan de l'Empereur.

Napoléon se redirigea ensuite vers sa table de travail et tendit deux feuillets à Ange :

— Ange, je te confie ce sauf conduit fermé de mon sceau qui te permettra de franchir les barrages et les contrôles de n'importe laquelle de nos patrouille.

Je te confie également ce plan, volontairement sans aucune indication écrite où est indiqué seulement l'endroit précis à la pointe du lac de Kasplia autour duquel, tu t'en souviens sans doute, nous avons combattu lors du trajet aller vers Moscou, où je souhaite que tu caches ce trésor. Conserve ces deux documents sur toi, ne les quitte jamais même pour dormir et prends-en connaissance dès maintenant. Ange parcourut des yeux les deux documents, puis les rendit à Napoléon qui les enveloppa dans un gros papier huilé afin de les protéger du gel et de la pluie, puis enferma le tout dans une petite boite métallique qu'il tendit à Ange avec gravité.

Napoléon rajouta :

— Roustam va t'accompagner auprès de deux bons chevaux que j'ai fait retenir pour toi afin que tu puisses y transporter les 3 coffres, de la nourriture et un gros ballot de vêtements chauds. Je fais également tout de suite prévenir le commandant de ta compagnie pour l'informer que tu as été envoyé en mission au service de ton Empereur.

Maintenant, Ange, viens que je t'embrasse et que je te souhaite « una buana suerte ».

Sur ce, Napoléon prit Ange dans ses bras et avant de lui déposer un baiser sur le front, lui glissa tout bas : « A 15 lieues au nord-ouest de Smolensk et que Saint Erasme te protège ! »

Puis tout en lui pinçant comme à son habitude l'oreille droite, il appela Roustam afin qu'il l'aide à charger tous les paquets sur les deux chevaux qui attendaient à la porte de la tente.

Ange remisa la boite dans la petite sacoche qui pendait toujours autour de son cou et qui contenait deux ou trois reliques, sourit à l'Empereur qui le regardait faire, s'inclina puis sortit de la tente suivi de Roustam. Ils fixèrent ensuite consciencieusement tous deux les colis sur le dos des deux chevaux dont avait parlé l'Empereur, se saluèrent et se séparèrent sans un mot.

Quelques minutes plus tard, Ange, le bec du tuyau de sa pipe fermement coincé entre ses dents, la bride de ses deux montures bien en main, s'orientait résolument vers le lieu distant de quelques jours de marche que lui avait indiqué Napoléon 1er, son Empereur, son Ami.

ÉPILOGUE
Le cimetière d'Antakalnis

Vilnius, le dimanche 1er juin 2003,

Le dimanche 1er juin 2003, en présence des autorités Lituaniennes, des représentants de la Mairie de Vilnius, des équipes d'anthropologues du Professeur Rimantas Jankauskas, de l'équipe Française du Professeur Olivier Dutour, de nombreux historiens et de l'Ambassadeur de France Monsieur Jean-Bernard Harth qui fît un très émouvant discours, une cérémonie fût organisée au cimetière militaire d'Antakalnis, devenu depuis l'indépendance, le « Panthéon » de la république Lituanienne.

Les restes des milliers de soldats de la Grande Armée dont le premier témoignage fût découvert par Vladas Kazlauskas le 22 octobre 2001 furent enterrés avec tous les honneurs et dans le plus grand recueillement dans une grande tombe commune surmontée d'une stèle portant l'inscription suivante :

« Ici reposent les restes des soldats des Vingt Nations qui composaient la Grande Armée de l'Empereur Napoléon 1er morts à Vilnius au retour de la campagne de Russie en décembre 1812 ».

Solène et Jonas y avaient été bien entendu conviés et ils furent parmi les premiers à déposer une gerbe de fleurs sur la tombe à l'intérieure de laquelle étaient étroitement imbriqués dans la mort les restes des derniers témoins de cette immense tragédie.

Mais, parmi les milliers d'anonymes salués en ce jour, c'était surtout prioritairement au dragon Corse de la Garde Ange Battisti qu'avaient été dirigés leurs hommages.

Ils avaient pu, au fil des mois, suivre, au travers les investigations qu'ils avaient menées, les différentes étapes de sa longue et tragique quête et l'avaient silencieusement et intensément remercié de leur avoir donné, en chevauchant les siècles, l'occasion de se rencontrer.

Au-delà de la mort, Ange avait donc, malgré lui, continué à peser sur les évènements terrestres...

Les ossements de ce qui fut jadis Ange Battisti, sergent dans le 2ème régiment de Dragon de la Garde de l'Empereur furent donc enterrés deux fois et, par un improbable mais heureux concours du destin, le fidèle grognard reposait désormais officiellement à l'endroit même qu'il avait choisi pour cacher ce que Napoléon lui avait précieusement confié.

Il continuait ainsi, dans l'au-delà, sa Mission.

L'Empereur pouvait toujours compter sur lui...

FIN

À propos de l'auteur

Jean-Nicolas AURANGE a œuvré internationalement pendant plus de trente années au sein de Directions Générales de société de luxes et de chaines de grands magasins et est désormais Conseil en stratégie de Marques.

Passionné par l'Histoire il a depuis toujours été fortement intrigué par les frottements entre les différentes périodes du passé et les événements qui marquent notre époque et souhaite désormais y apporter une lumière personnelle et romancée.

Mais pour enclencher pareille aventure de création historico-romanesque un "déclic" lui était bien entendu indispensable...

Celui-ci est venu à la lecture d'un entrefilet relevé par hasard dans un quotidien, il y a de cela un an et qui a généré chez lui un processus d'écriture qui l'a emporté dans une course éperdue à travers le temps et l'espace dans la mystérieuse et périlleuse quête du dernier secret de l'Empereur Napoléon 1er.

Pour contacter l'auteur et le suivre :

Par mail : jnaurange@yahoo.fr

Sur Facebook :

https://www.facebook.com/aurange.jeannicolas